MW01632788

CÉZANNE

Marie-Hélène Lafon, née dans le Cantal en 1962, vit et travaille à Paris. Romancière et nouvelliste, elle a notamment publié, chez Buchet/Chastel, *Les Derniers Indiens* (2008), *L'Annonce* (2009), *Joseph* (2014) et *Les Sources* (2023). Elle a obtenu le prix Renaudot des lycéens 2001 pour *Le Soir du chien*, le Goncourt de la nouvelle 2016 pour *Histoires* et le prix Renaudot 2020 pour *Histoire du fils*.

Paru au Livre de Poche :

LE SOIR DU CHIEN
LES SOURCES

MARIE-HÉLÈNE LAFON

Cézanne

Des toits rouges sur la mer bleue

FLAMMARION

À Vincent Bioulès.

« Il me le fallait vivant. »

C.F. RAMUZ, *L'Exemple de Cézanne*

FAMILLES

En juillet 2022, j'ouvre le chantier Cézanne, ce que j'appelle le chantier Cézanne puisque ça n'a pas encore tout à fait un titre ; je le rumine depuis plus d'une année et je l'ouvre enfin avec un intense sentiment de soulagement. Je n'ai pas la fleur au fusil, je n'éclate pas de confiance béate, je ne considère pas que l'affaire est dans le sac et sera gentiment bouclée en six mois. J'apprivoise la chose, à tâtons ; j'ai lu, je lis, je suis retournée à Aix, à l'Orangerie et à Orsay. Dans les dernières pages du mince répertoire de mon agenda, vouées à rester vierges, j'ai pris des notes maigres, éparses et têtues. À Orsay, le lundi 13 juin 2022, le ciel n'est pas tendre à Auvers-sur-Oise, madame Cézanne comme une chose, bouches cadenassées, les tables des natures mortes comme les tables magiques des contes merveilleux, surgies, apparues, garnies, parfaites, les couleurs crient, les hommes et les femmes se taisent. *Dans le jardin de la maison des Lauves et dans l'atelier à Aix le samedi 18 juin,* la crécelle increvable des cigales, parfum d'un figuier que je ne vois pas, quid de cette échelle dans l'atelier, et la fente dans le mur ouverte pour les grands formats, l'atelier clos pendant quinze ans après sa mort, ensuite les trente années de monsieur Provence, en 1954 les Américains achèteront la maison à ses héritiers pour la sauver des promoteurs qui ont tout dévoré autour d'elle et construit résidences et villas. *Le réel est inépuisable, et je n'eusse pas inventé ce nom de monsieur Provence, qui est un pseudonyme, ni la fente haute et étroite que Paul Cézanne fit pratiquer dans le mur de l'atelier pour permettre la circulation de ses colossales baigneuses, ni les danseuses rencontrées ce matin du 18 juin 2022 sous les pins des Lauves, ni la chaleur déjà sauvage, la même que celle dont Paul Cézanne, diabétique, fut accablé pendant le dernier été de sa vie au point de rester éloigné de l'atelier des Lauves au moins jusqu'en octobre.*

Penser à la chaleur, à la lumière ardente, éprouver sa morsure, supposer sa caresse, son grain, humer des gestes de peinture, des façons de faire et de se tenir dans l'atelier ou dans le jardin des

Lauves, ce serait déjà malaxer une matière prolixe et préparer le terrain comme on travaille la terre avant de semer. Ensuite, dans le train de l'été, entre Paris et Clermont-Ferrand, le 9 juillet 2022, je me dis que cézanner ferait un robuste verbe du premier groupe ; je cézannerai donc en juillet et en août, histoire de voir si l'herbe est plus verte ailleurs, loin d'un autre chantier, lâché fin juin, que j'appelle le chantier violent même si le livre qui en est issu porte un titre très doux, Les Sources *; une date de parution est arrêtée, ce sera le jeudi 5 janvier 2023. J'ai ouvert le chantier violent à Paris le dimanche 20 février 2022 et ce texte a pris forme pendant les quatre mois suivants. Je n'ai pas pu faire autrement. J'ai fini par comprendre, lentement, sourdement, entre août 2021 et fin janvier 2022, que si je n'écrivais pas ce livre, si je ne faisais pas sauter ce verrou, tous mes autres chantiers textuels se trouveraient frappés d'inanité ; en d'autres termes, j'ai compris, senti et compris, les deux à la fois, que plus aucun livre ne me serait nécessaire si celui-là n'existait pas ; or, depuis octobre 1996, moment où j'ai écrit mon premier texte, une nouvelle intitulée* Liturgie, *je n'ai écrit et publié que des livres qui m'étaient nécessaires. J'ai donc fini par tirer la conclusion* *qui s'imposait et je suis retournée aux sources, au creuset des familles qui est à la fois celui de Liturgie, en 1996, et celui du chantier violent, en 2022.*

Le creuset des familles, le terreau, la source, que je préfère au mot racines, le pays premier, la litanie des métaphores est sans fin ; on n'a pas besoin d'écrire des romans ni même d'en lire pour savoir, dans son histoire, dans sa mémoire, dans sa peau, dans ses gestes que les familles peuvent être des champs de batailles plus ou moins ouvertes ou larvées, silencieuses ou gueulardes. Je n'enfoncerai pas davantage la porte toujours ouverte des maisons où fermente, marine et macère pour les siècles des siècles le roman-fleuve des pères, des mères, des fils et des filles, des frères, des sœurs, sans parler des femmes et des maris ou des compagnes et des compagnons que l'on est censé choisir, ce qui ne simplifie pas forcément les choses. Mon chantier violent était donc un chantier de famille, intestin, carabiné, et la plongée en pays cézannien s'accompagne d'une roborative sensation d'allègement après cette rugueuse remontée aux sources. Rien ne sera facile avec Cézanne, je le devine, c'est un morceau colossal. Je mange de la peinture depuis trente ans et j'ai le goût de ces libres variations à inventer en des matières où tout a toujours déjà été dit par des spécialistes confirmés ou des écrivains de haute volée. Rilke, Ramuz, Juliet, Sollers, Handke et d'autres, assurément, dont j'oublie ou ignore le nom, ont écrit sur Cézanne. C'est écrasant et j'ai une longue expérience de cette sensation d'écrasement culturel, qui ne m'empêche toutefois pas de faire ce que je crois avoir à faire, à l'établi, à ma façon, toujours à tâtons ; ici, en l'occurrence, écrire des variations sur Cézanne comme je m'y autorise depuis des années et peut-être pour quelques années encore, en vagues successives, sur Flaubert. Je tente de me rassurer avec le précédent de Flaubert même si le bon Gustave m'est propice depuis ma quatorzième année, ne me contrarie pas et n'est pas peintre. J'entends aussi les échos d'Aragon chanté par Ferré,

Tout le monde n'est pas Cézanne
Nous nous contenterons de peu
[...]
On écrit des vers de la prose
On doit trafiquer quelque chose
En attendant le jour qui vient

Trafiquons, sauvons notre peau, le jour viendra quand il pourra.

Me voilà naïvement embarquée en Haute Cézannie, fuyant le chaos des zones sismiques pour gagner des contrées moins secouées, et je tombe, au sortir de mes labyrinthes familiers et familiaux, sur et dans la famille Cézanne. S'il s'agissait d'un jeu, demanderait-on le père ? Pour commencer, demandons le père ; il se prénomme Louis-Auguste, il est droit dans ses bottes, prompt à crocher dans le morceau et à mener ses affaires, marchand de chapeaux reconverti à cinquante ans dans la banque, prospère, vaillant, vert, lancé encore, quoique octogénaire, en de gaillardes amours ancillaires, et mordu d'ambition pour sa tribu. Or ce père n'a pas le bon fils, il n'aurait tiré ni le bon numéro ni la bonne carte. Demandons le fils ; Paul, le fils, ne marche pas droit, Paul ne fait pas ce qu'il faut, se détourne de la banque, s'entiche de peinture, n'en démord pas, persévère dans l'insuccès et se commet secrètement avec une créature, laquelle s'empresse de lui coller un enfant sur le dos. Le fils ment au père et le père paye pour le fils, entretient le fils, sa concubine et leur rejeton ; mais, dans la famille Cézanne, on ne demande pas le petit-fils, puisque, officiellement, il n'y a pas de petit-fils. On peut demander la mère, Anne-Élisabeth, née Aubert, jadis ouvrière du père, épousée cinq ans après la naissance du fils dont elle joue à fond la carte en mentant au père. Il faudrait aussi demander les sœurs, les deux, Marie, côté pile, et Rose, côté face. Rose se marie et aura beaucoup d'enfants. Marie n'est pas épousée, prie éperdument et joue gros ; elle ment au père avec le frère et la mère, mais c'est elle qui finira par convaincre le père de retourner son jeu et d'accepter le mariage avec la créature susmentionnée, mère du petit-fils caché. Fin de partie, le petit-fils est révélé, il a quatorze ans, Paul épouse, le 28 avril, Louis-Auguste meurt, le 23 octobre. 1886.

Tout est bien qui finit bien. Louis-Auguste, le père, sanctifié illico par Paul, le fils, devient un homme de génie *; il a laissé* vingt-cinq mille francs de rente *à un fils aîné que son acte de succession déclare* sans état. Vingt ans ont passé depuis l'incipit incendiaire de la lettre que Paul Cézanne écrivait à Camille Pissarro, d'Aix, le 23 octobre 1866 :

Mon cher ami,
Me voici dans ma famille avec les plus sales êtres

du monde, ceux qui composent ma famille, emmer-
dants par-dessus tout. N'en parlons plus.

*C'est cela, n'en parlons plus; même s'il y aurait
encore beaucoup à dire des sempiternelles querelles de la concubine épousée, Hortense, avec la
mère et les sœurs de ce mari tout neuf et* sans état
*qu'elle pratique cependant depuis 1869. Hortense
est un mystère insondable, Hortense échappe,
m'échappe. Dans la correspondance de Cézanne
avec ses amis, elle est fréquemment dite la boule,
et son fils le boulet. Le 19 décembre 1878 Cézanne
écrit à Zola qu'Hortense a eu une petite aventure
à Paris.* – Je ne la confie pas au papier, je te la
raconterai à mon retour, d'ailleurs ce n'est pas
grand-chose.

Quid de ce pas grand-chose *d'Hortense;
l'aventurière de Paris dut avaler à Aix bien des
couleuvres familiales et conjugales mais n'était
pas une oie blanche et saura dilapider les solides
rentes cézanniennes après la mort de cet époux
qui préféra souvent vivre avec sa mère et sa sœur
qu'avec elle et leur fils. L'impeccable biographe
américain John Rewald rapporte ce que la veuve
balança à Matisse, en guise de triste épitaphe
pour son défunt mari:* Cézanne ne savait pas ce

qu'il faisait. Il ne savait pas comment finir ses tableaux. Renoir et Monet, eux, savaient leur métier de peintre.

La messe est dite, le sans état *qui* ne savait pas *son métier eut une vie bien peineuse, rance et empêchée, mais sa gloire posthume fut éclatante et le demeure à la mesure de notre mince éternité. Le refrain est connu, ça sent l'irrémédiable, le long désastre, façon Van Gogh, la mutilation et le suicide en moins, la rente paternelle en plus. Arles n'est pas si loin d'Aix et Cézanne, qui se méfiait de Gauguin, vécut à Auvers toute l'année* 1873 *en bonne amitié avec le docteur Gachet. Le piteux roman des familles et des couples n'épuiserait pas l'inépuisable Cézanne. Que sait-on des couples, que sait-on des familles.*

Reste, dans le désordre des années et de ma mémoire, le vivant velours des sous-bois, des baigneuses, des Sainte-Victoire inlassables, des Grands Arbres au Jas de Bouffan, *de* Madame Cézanne à la jupe rayée, *dans la serre ou au fauteuil jaune, de* La Neige fondue à l'Estaque, *de la* Fillette à la poupée, *des pots, des pichets, des cruchons, des compotiers, des fruits éternels, des* Joueurs de cartes, *du* Paysan en blouse bleue, *du jardinier Vallier sous son tilleul,*

Marie-Hélène Lafon

des Marronniers du Jas de Bouffan *en hiver, des portraits de Louis-Auguste Cézanne, père de l'artiste, d'Achille Emperaire, d'Ambroise Vollard, de Victor Chocquet ou de* L'Artiste au bonnet blanc *; reste, sous le soleil effrayant de l'Estaque, la carte à jouer* des toits rouges sur la mer bleue.

« Monsieur le Docteur P.F. Gachet,

J'ai reçu votre pénible lêtre du 19 juillet dernier m'aprenant la perte douloureuse d'un fils à Mr votre frère à l'âge de 19 ans ; j'en suis bien peiné et vous prie croire que je prend part à votre d'ouleur, vous me dites encore, que Mdme votre épouse vient d'accoucher à la suite d'une maladie d'un mois, très grave, mais qu'aujourduy elle va un peu mieu, je désire que la présente trouve la continuité de son améllioration et le rétablissement complet, Mr Paul dont je reçois une lêtre aujourduy à laquelle je répons, me dite vous, c'est très bien comporté à votre égard, il na fait que son devoir.
Soyez mon interprète auprès de votre honnorable famille pour lui faire acepter leur respec, et ceux de votre très humble serviteur.

CÉZANNE »

Marie-Hélène Lafon

Lettre du 10 août 1873,
Louis-Auguste Cézanne, le père,
au docteur Gachet, l'ami.

Le mouton à cinq pattes.

Pissarro appelle Cézanne comme ça, et Pissarro a bon œil.

Il sourit en tirant sur sa pipe et s'adosse à la presse ; derrière lui les trois fenêtres sont restées ouvertes sur le jardin d'où monte une petite fraîcheur déjà automnale ; l'atelier est vide et le sourire du docteur Gachet est un peu triste. La lumière est encore parfaite, ronde, dorée et douce ; il n'a pas besoin de se retourner pour savoir comment elle se pose sur les dahlias roux et les roses de Blanche. Ces deux derniers mois ont été terribles, il fallait être partout à la fois, chez son neveu qui se mourait et ici auprès de Blanche. Il fallait tenir et il a tenu ; le jardin est une source, chaque soir il a taillé, redressé, arrosé avec Marguerite qui s'appliquait, tirait la langue et ne voulait pas remettre ses chaussures pour rentrer au salon et monter embrasser sa maman avant de se coucher. Marguerite a quatre ans, déjà quatre ans, c'est un feu follet, elle ne tient pas en place et refuse de poser pour son père ou pour les autres peintres qui fréquentent la maison ; elle les appelle les barbes, détale en riant et ne se laisse approcher que par Pissarro qui est le plus barbu de tous mais sait s'y prendre avec les enfants. Il en a trois, dont deux déjà grandets, et leurs prénoms, Lucien, Jeanne et Georges, prennent dans sa bouche des douceurs inouïes. Il n'y a pas plus amical, plus loyal, plus ferme et droit que Pissarro. Quel peintre et quel ami. Pissarro met de l'harmonie partout où il passe et, à sa façon, lui aussi est un sacré *mouton à cinq pattes*. Jamais découragé, même si sa vie n'est pas facile, jamais fielleux, ni venimeux, ni mesquin, mais lucide, clairvoyant sans violence. Le docteur Gachet aime à penser que la présence d'un homme comme Pissarro dans une maison pourrait suffire à faire tourner les choses du bon côté ; il est médecin et prodigue à Blanche tous les soins nécessaires mais il se surprend parfois à pencher vers la magie, l'incantation ou la prière. Blanche remonte la pente, le petit Paul prend du poids, tout ira bien, il faut avoir confiance.

Il se sent toujours un peu abandonné quand les peintres partent, surtout ces deux-là, Cézanne et Pissarro. Après une séance de gravure comme celle de ce soir, il sait qu'il devrait être comblé. Un fou de travail comme lui ne peut pas espérer de meilleurs maîtres, il leur ouvre son atelier, il a tout à apprendre d'eux mais restera au mieux un honnête tâcheron doublé d'un collectionneur éclairé, il le sait ; il s'applique, comme Marguerite au jardin, il se passionne, il s'interroge, il s'extasie, il s'exalte, il peut sortir de ses gonds ou fourbir ses illusions mais la réalité finit toujours par le rattraper et elle est impitoyable. Sont parfaitement impitoyables, par exemple, la *Vue d'Auvers* peinte par Cézanne, une envolée de verts, de rouges et de bleus, trouée de blancs et de jaunes, un paysage comme un bouquet, où l'on reconnaît en haut à gauche sa propre maison, et surtout la chaumière d'Auvers, celle que les gens du coin appellent *la maison du pendu*. C'est presque douloureux de penser à ce tableau auquel Cézanne a travaillé peu de temps après son arrivée dans le pays, à la fin de l'hiver, quand les arbres n'avaient pas encore remis la feuille. Il connaît cet endroit par cœur lui, Gachet ; il sait comment, de là, le regard prend son élan, s'enfonce dans l'épaisseur des choses, rebondit contre les toits pentus, les fenêtres et les façades frappées de lumière tiède, et s'accroche enfin aux branches déployées dans le bleu crémeux du ciel répandu, déversé sur la plaine, les mamelons des coteaux, d'autres villages. C'est le monde entier dans un morceau de toile de cinquante-cinq centimètres sur soixante-six, ça le transperce et ça l'émerveille, ça lui donne envie de danser et ça lui donne envie de pleurer ; il ne fera ni l'un ni l'autre, il sait se tenir et garder ses égarements pour lui.

Il pourrait se planter, lui, Gachet, au même endroit et y rester pendant mille ans qu'il ne saisirait pas sur sa toile une once de tout ce qui vibre dans le tableau nu et frémissant de Cézanne. Il le sait et Pissarro aussi. Il aime les regarder travailler, les deux ; il se tait quand ils se taisent. Il écoute leur silence quand ils se penchent sur les plaques, sur la presse, se redressent, affûtent leur regard, recommencent, insistent, reprennent. Cézanne est increvable à l'atelier mais c'est aussi et surtout un homme du dehors, du paysage ouvert ; il faut le voir partir *au paysage*, comme il dit, tous les chemins entre Pontoise et Auvers l'appellent, il monte à l'assaut du monde, c'est un guerrier de la beauté, harnaché pour le combat. On donnerait tout pour le voir peindre dans la grande lumière des jours, attraper son geste, le surprendre ; mais il faudrait cesser d'exister dans sa peau d'homme, devenir une fenêtre, une cheminée, un toit rouge, un dahlia, une bouffée de vent tiède qui s'arrondit dans un bouquet de noisetiers, un arbre, un nuage. Il pense à Ovide, à ses *Métamorphoses* qui lui sont familières depuis si longtemps, mais la merveille a déserté ce siècle. Quoique… Blanche ne serait pas de cet avis, et aux échos d'Ovide se mêle sa voix, celle d'avant la maladie, grave et vibrante, récitant pour lui son Baudelaire dont elle est tellement entichée. *J'aime les nuages… les nuages qui passent… là-bas… là-bas… les merveilleux nuages !*

Blanche a raison, la beauté et la poésie n'ont pas déserté mais elles sont pour lui réfugiées, ramassées dans la peinture qui l'occupe tout entier, le possède et l'assiège, l'enchante et le ravage. Le rouge de Cézanne l'enchante et le ravage ; comment fait-on ça ; ce n'est pas une question, c'est un coup de poing. Il est resté assommé devant le guéridon chantourné de sa *Moderne Olympia* ; le guéridon est un meuble raisonnable qui remplit son office et porte les reliefs d'une collation raisonnable, une carafe, un plateau, des fruits, mais il est aussi et surtout une créature sans nom mise à feu et à sang par le désir, prosternée, vautrée devant la chair nue de la femme offerte et refusée, répandue et ramassée sur son trône immaculé. Il sait la toile par cœur, elle est dans son cabinet, au secret ; il n'a pas besoin de la regarder, il le fera tout à l'heure, quand Marguerite sera couchée. Marguerite poserait des questions, les enfants voient tout, et il ne saurait pas lui répondre, il ne saurait pas lui mentir. La *Moderne Olympia* est à lui, il l'a mise à l'abri. Cézanne a parfois ce tort de ne pas finir, de vouloir *pousser* la toile encore et encore, il faudrait pouvoir la lui arracher et le lancer aussitôt sur une autre piste, fraîche et neuve, mais le gaillard n'est pas facile à manœuvrer. Il écoute Pissarro, cependant, il a confiance en lui ; ils ont commandé à Paris des couteaux à palette pour faire des études ; ils pistent la sensation, les deux, ils n'ont que ce mot à la bouche et ils ont raison, même si ça le dépasse, lui, Gachet. Le guéridon de la *Moderne Olympia* est une pure sensation qui dévore le tableau, se répand sur les tentures, la chair de la femme, le bouquet.

Cézanne a inventé son rouge et sa *Vue d'Auvers* en est tout incendiée, son *Carrefour de la rue Rémy* aussi, où il suffit de deux touches, sur un pignon blanc à droite, sur un toit plus à gauche. Ce tableau-là est aussi dans son cabinet, avec l'*Olympia*, et il ne désespère pas de récupérer la *Vue d'Auvers*, avec l'aide de Pissarro. Pissarro connaît Cézanne mieux que personne et depuis longtemps ; Cézanne a une dizaine d'années de moins qu'eux qui sont entrés dans la quarantaine et Pissarro lui a déjà raconté comment, dès 1861, à l'atelier Suisse, il avait repéré ce *curieux Provençal qui faisait des académies à la risée de tous les impuissants de l'école*. Pissarro sait avoir la dent dure quand il le faut et ne se laisse pas tondre la laine sur le dos. Les *impuissants*, les cuistres racornis, les féroces rassis de la peinture officielle n'ont pas fini de rire de Cézanne, mais la peinture de Cézanne aura le dernier mot.

Reste à savoir quand. Cézanne a le temps de tirer la langue et de crever la misère, surtout avec le tempérament et le père qu'il a ; le tempérament n'est pas facile, et le père non plus, ceci expliquant peut-être cela. Cézanne est ombrageux, impulsif, ça se voit, il le porte sur lui ; son corps est un champ de bataille, sa vie aussi sans doute. Un médecin sait lire ce que les mots ne disent pas, sous la peau, dans le maintien, l'allure, le pas, des bras croisés, une nuque ramassée, un regard. Le regard de Cézanne est difficile à saisir, frontal et mobile à la fois, affolé de l'intérieur mais pas fuyant. Ses yeux saillent, son nez lui fend la face en deux, comme un coup de sabre ; il hésite, il hésite entre face et gueule, gueule serait plus juste, sans offense aucune. Cézanne a une gueule qu'on n'oublie pas, son accent non plus ne s'oublie pas ; il fait paysage, il rocaille, il caverne, il éclate. Les premières fois, il a dû tendre l'oreille pour comprendre ce que Cézanne disait à Pissarro, sans s'adresser à lui directement. Ensuite il s'est apprivoisé, c'est un homme qui s'apprivoise avec des fleurs, et les fleurs de Blanche, qui pouvait encore s'en occuper elle-même au printemps dernier, ont fait merveille. On aurait dit qu'il n'avait jamais vu de sa vie un bouquet de tulipes, de pivoines ou d'iris. Il a toujours eu un faible pour les iris et se demande encore, lui Gachet, à quoi pourrait bien ressembler un bouquet d'iris de Cézanne, quand on sait ce qu'il peut faire d'une halle aux vins parisienne, d'un paysage rebattu, d'une tête de paysanne, d'une corbeille de pommes et d'une bouteille ou d'une Olympia. Dans ses grands jours, tout lui est bon, il n'a peur de rien, et, d'autres fois, on le sent aux lisières de l'implosion. L'homme est inquiétant, sa puissance est inquiétante, et il se pourrait bien que toute la vaillance éclairée d'un Pissarro ne suffise pas à le retenir au bord de la catastrophe. Pour ne rien arranger, Cézanne a charge d'âmes, une jeune femme, un fils qui n'a pas deux ans, un autre petit Paul, et il renâcle, on le sent, il voudrait faire face sans jamais lâcher sa peinture et ne sait pas comment se tourner ; tout ce monde vit chichement d'une pension trop maigre versée depuis Aix par le patriarche qui peine encore à se contenter du fils qu'il a. On tâchera d'amadouer le banquier qui n'a pas d'orthographe mais sait compter, flaire des entourloupes, et veut savoir à quoi sert son argent. On est entré en correspondance avec le bonhomme à qui tout le monde ment et qu'il s'agit surtout de rassurer ; les arguments d'un médecin et d'un collectionneur peuvent avoir du poids et on fera feu de tout bois.

La lumière a tourné et le soir monte. Son regard parcourt la pièce ; c'était un grenier, attenant à deux petites chambres ; il a vu grand, il a fait abattre les cloisons, rehausser la toiture, ouvrir deux larges fenêtres sur la façade nord et c'est devenu un bel atelier. Le docteur Gachet a les moyens, à défaut d'avoir le génie, et il les met à la disposition de ses amis peintres qui ont le génie, à défaut d'avoir les moyens. Le raccourci est facile et le fait sourire chaque fois qu'il lui vient à l'esprit ; c'est un sourire un peu douloureux qui accompagne souvent cet état étrange dans lequel il se trouve après chaque séance de gravure dans l'atelier. Il a l'habitude, il sait qu'il lui faut un peu de temps pour reprendre pied dans sa vie officielle d'époux, de père, de médecin, d'homme responsable, respectable, solide et établi. Penché sur les plaques et sur la presse, affairé, épaule contre épaule avec un Pissarro ou un Cézanne, il se réinvente, il est au-dessus de lui-même, sur le versant Van Ryssel ; Van Ryssel est son nom de peintre. Il a pris un nom de peintre flamand comme d'autres prennent un nom de guerre ; c'est un véritable nom de guerre d'ailleurs, parce que le désir de peinture est l'épicentre de sa vie, son moment crucial, au sens étymologique du terme, ce qui le met en croix et le porte à son sommet. La peinture le crucifie, elle est son tourment le plus cher, d'où ce beau nom de Paul Van Ryssel qui rutile et frémit comme la lumière rousse dans les tableaux des vieux maîtres flamands. Il n'aime pas le mot pseudonyme qui commence par les deux syllabes du mensonge et du faux-semblant. Il n'oublie ni le grec ni le latin de ses solides humanités lilloises ; grâce à lui, Blanche est elle-même devenue en quelques années une excellente latiniste, très intuitive, plus fine que lui, plus douée. Elle se fait une joie, quand elle sera rétablie, d'entreprendre l'instruction de Marguerite dont la vivacité d'esprit appelle une nourriture solide. Gageons que, si tout va bien, le petit Paul ne sera pas en reste. Gageons.

Il va descendre retrouver Blanche et les enfants. Marguerite ne devrait pas tarder à s'impatienter, elle ne monte pas encore à l'atelier qui est son domaine et celui des barbes, mais elle sait qu'en chantant sur la terrasse l'une ou l'autre de ces comptines charmantes dont elle commence à jouer les notes au piano, elle le fera venir, il ne résistera pas. L'atelier est en ordre. Il aime remettre chaque chose à sa place après les séances de gravure, il range, il rumine, les gestes le rassurent. Il se connaît, à son âge, quarante-cinq ans, on commence à se connaître un peu et on sait comment se faire du bien pour ne pas céder au vertige et sombrer tout à fait. Dans trois jours, il sera rentré à Paris et reprendra ses allées et venues entre l'appartement, le cabinet, les malades, les réunions des Batignolles et Auvers. Blanche ne survivrait pas ailleurs qu'à la campagne, il lui faut un jardin pour respirer, et des arbres, des merles, des mésanges, des iris, des pivoines, des dahlias ; il lui faut le silence des aubes et des crépuscules, Blanche est un miracle et sa place d'homme est aussi de veiller sur le miracle, de souffler sur les braises pour que la flamme ne meure pas.

SOUS-BOIS

C'est un Sous-bois.

Il est là, au Louvre, dans l'hiver du Louvre, en janvier 2009. Je suis plantée devant le Sous-bois, *au Louvre, salle Mollien, et je suis dans le bois, sous les arbres, traversée de lumière pâle. L'air est tiède, c'est un matin d'été caressant et parfait. Le vent bleu court dans les branches basses, le remuement des feuilles est tissé de pépiements d'oiseaux furtifs. Tout fait présence, le silence est habité, on arrête de marcher pour que cesse le vacarme des pas et du sang sous la peau. On sort de soi pour faire corps avec la merveille. On n'a pas de mots, ça se fait en se faisant, c'est une grâce ordinaire et somptueuse qui empoigne et secoue, c'est le trésor inépuisable des joies sourdes et sûres, vertigineuses et recommencées.*

Au Louvre, en janvier 2009, ça recommence. Je suis saisie, happée, cueillie dans l'hiver gris des villes ordinaires. Une bouffée de couleurs limpides, le frisson dans tout le corps, la morsure de l'été, son goût dans la bouche. C'est un Sous-bois de Paul Cézanne. Vers 1882-1884. Aquarelle et traces de crayon noir sur papier vélin. 47 × 30 cm. Paris, musée d'Orsay, conservé au département des arts graphiques du Louvre. Pierre Boulez a choisi le Sous-bois, les traces de crayon noir, le vélin ; j'aime ici le mot département qui fait craquer les coutures étroites de son acception administrative ; le département déborde, c'est un trésor de vents, de lumières, d'orages, de silences, d'arbres, de chevelures, le département est inépuisable. Pendant l'hiver 2008-2009, Pierre Boulez fut invité au Louvre, de novembre à février ; il fut invité à puiser dans le trésor. Le titre de l'exposition était Œuvre : fragment. À tâtons, au jugé, je l'avais entendu comme un jeu de libres variations sur la dialectique carabinée du tout et de la partie, de l'œuvre en train de s'opérer, rendue à l'os étymologique de l'opus latin, et des pièces ou morceaux sans cesse en travail sur les partitions, dans les ateliers des peintres, sur les établis d'écriture.

C'est une ligne de tension haute, essentielle, pour qui se mêle d'écrire, peindre, composer, créer, faire. J'aime placer à cet endroit le modeste *et très usé et sempiternel et solide verbe faire, dans toutes ses acceptions, y compris la plus triviale dont Flaubert se joue en virtuose quand il* chie des catapultes *en écrivant* Salammbô. Le verbe créer est trop grand, trop lourd, il hausse le ton et lève le sourcil, il est empesé, il sent la Genèse et crève d'ambition. Donc je fais, je tâche de faire ce que j'ai à faire, à l'intersection cruciale du désir et de la nécessité et, en janvier 2009, ça dure déjà depuis plus de douze ans ; j'ai publié quelques livres, je suis au chantier, les plaques tectoniques des textes bougent dans le noir des mois, des saisons, des années ; ça remue sourdement dans les abysses et je rumine ce que Claude Simon écrit dans son discours de réception du prix Nobel, en 1985 :* [...] l'écrivain progresse laborieusement, tâtonne en aveugle, s'engage dans des impasses, s'embourbe, repart – et, si l'on veut à tout prix tirer un enseignement de sa démarche, on dira que nous avançons toujours sur des sables mouvants. *Pierre Boulez et Claude Simon sont pour moi de la même tribu, celle des grands impérieux, des impériaux majuscules ; c'est peut-être une erreur d'aiguillage mais elle a la peau dure. Les deux ont la carrure, l'allure, les manières, la voix, le ton, et l'aura ; ils me font* *peur et m'intimident, donc je m'y frotte pour m'y affûter. Je lis Claude Simon, j'apprivoise, certains livres me résistent, d'autres m'accompagnent, je cherche, je flaire, je furète, je me nourris. En 2009, je n'entends toujours pas Pierre Boulez, sa musique me demeure impossible, mais je vais à l'exposition au Louvre, salle Mollien, et je tombe sur le* Sous-bois *de Paul Cézanne, j'entre dans le* Sous-bois, *c'est une cathédrale, c'est un royaume, une grotte sous-marine, un palais de toutes les saisons, c'est l'enchantement et la merveille offerte, donnée, ouverte.*

En janvier 2009, je ne savais pas que les aquarelles de Cézanne n'ont été exposées que tardivement ; je ne savais rien de ce qu'elles représentaient dans sa vie que le travail de la peinture avait dévorée toute. Il n'empêche, c'était là, de toute évidence, ça vous rentrait sous la peau et ça ne s'oublierait pas. C'est le commencement du vert et du bleu ; à l'orée des bois fauve et roux frissonnent des feuillages devinés et s'ouvrent des trouées de silence blanc. C'est immémorial, c'est la vieille danse, les troncs se penchent, toujours ils se penchent et ploient comme s'ils allaient boire à la source de la lumière. Rilke voyait dans certaines études à l'aquarelle une suite de taches, merveilleusement disposées, avec une sûreté de touche : comme si une mélodie s'y reflétait. *On entendrait la* mélodie *de Rilke ; Pierre Boulez l'a entendue, évidemment, et il a choisi l'aquarelle, le* Sous-bois, *sa musique, son rythme, sa caresse et sa nudité.*

On pense, je pense à ce qui advient parfois dans les sous-bois, au plus secret des enfances et des jardins, sous le dais des troncs souples et dansants ou sur les berges de l'Arc qui coule aux portes d'Aix ; je pense à l'apparition immémoriale des baigneuses, vastes et blanches, à leur avènement, à leur incarnation. Je pense aussi au corps du jardinier Vallier, un corps fait arbre, un corps usé, tissé de vert et de bleu, un corps tige, herbe, plante, feuillage ; un corps de vent et de lumière, humble et glorieux, un corps paysage. Je pense aux mains du jardinier Vallier comme à des fleurs lasses, écloses sur ses cuisses maigres et abandonnées là, rogues et douces.

La partie, le fragment, *au singulier magistral, appelle le tout, en transparences tenaces, en apparitions émouvantes. Le compagnonnage long avec une œuvre suscite ces effets d'échos et d'éternel retour ; les pages, les mélodies, les chants, les sous-bois sont hantés, habités de figures. Une œuvre* serait pour toujours travaillée du dedans par ce qui est advenu et par ce qui adviendra, pour celui qui peint, écrit ou compose, mais aussi pour celui qui lit, regarde, écoute. On ne revient pas du pays de l'éternel retour comme on y est entré et je ne cerne pas tout à fait les contours de cette incertitude. Quelque chose, qui aurait à voir avec le désir, échappe, ne se laisse ni saisir, ni étreindre, ni épuiser. Je sais, toutefois, que la vibration intime suscitée par ce travail intérieur m'a rarement été aussi sensible qu'à ce moment-là, le moment du *Sous-bois* de Paul Cézanne choisi et partagé par Pierre Boulez en janvier 2009 dans l'hiver du Louvre.

« Ma chère Mère,

J'ai tout d'abord à vous remercier bien de penser à moi. Il fait depuis quelques jours un sale
temps et très froid. – Mais je ne souffre de rien,
et je fais bon feu.
Ce sera avec plaisir que je recevrai la caisse
annoncée, vous pouvez toujours l'adresser rue
de Vaugirard, 120, je dois y rester jusqu'au mois
de janvier.
Pissarro n'est pas à Paris depuis environ un mois
et demi, il se trouve en Bretagne, mais je sais
qu'il a bonne opinion de moi, qui ai très bonne
opinion de moi-même. Je commence à me trouver plus fort que tous ceux qui m'entourent, et
vous savez que la bonne opinion que j'ai sur
mon compte n'est venue qu'à bon escient. J'ai à
travailler toujours, non pas pour arriver au fini,
qui fait l'admiration des imbéciles. – Et cette

chose que vulgairement on apprécie tant n'est que le fait d'un métier d'ouvrier, et rend toute œuvre qui en résulte inartistique et commune. Je ne dois chercher à compléter que pour le plaisir de faire plus vrai et plus savant. Et croyez bien qu'il y a toujours une heure où l'on s'impose, et on a des admirateurs bien plus fervents, plus convaincus que ceux qui ne sont flattés que par une vaine apparence.

Le moment est très mauvais pour la vente, tous les bourgeois rechignent à lâcher leurs sous, mais ça finira.

Ma chère mère, bonjour à mes sœurs. Le salut à Monsieur et Madame Girard et mes remerciements.

Tout à vous, votre fils.

PAUL CÉZANNE »

Lettre du 26 septembre 1874
de Paul Cézanne, le fils,
à madame Cézanne, la mère, sa mère.

Une lettre de Paul. Elle se cale dans son fauteuil, du plat de la main elle lisse le papier sur ses genoux avant de relire les mots de son fils. Elle n'aime pas le sentir loin, reparti dans son Paris pour de longs mois, peut-être tout l'hiver. Avec lui, on ne peut rien prévoir. Il ne sait pas toujours lui-même où il sera le lendemain, tantôt ici, tantôt là, à Aix, à l'Estaque, à Bennecourt, à Auvers, à Saint-Ouen, à Pontoise, à Paris ; on ne connaît parfois pas très bien son adresse, les lettres se perdent, sont renvoyées, repartent, reviennent. La peinture le commande et il ne changera pas ; après trente ans, on ne change plus, et Paul, son Paul, a déjà trente-cinq ans. Maintenant qu'il est chargé d'une famille, d'une femme qui n'est pas tout à fait sa femme et d'un enfant de deux ans, un autre Paul, les choses se compliquent. Surtout avec leur situation, le père qui ne sait pas, qui ne sait rien, mais voudrait tout savoir du fils puisque c'est lui qui paye, et elle qui sait tout, prise entre les deux, le père et le fils, coincée, depuis longtemps et de plus en plus. Le père finance, il est de la vieille école et il estime que ça lui donne des droits sur son fils, même s'il n'est plus un enfant ni un jeune homme. Elle comprend Louis-Auguste, qui n'est pas méchant et n'a pas tout à fait tort. Il cherche, il ouvre le courrier, il est toujours aux aguets et la vie devient pénible.

Elle s'enfonce dans son fauteuil, la lettre entre les mains ; elle a soixante ans et son corps est lourd et lent. Elle laisse défiler dans sa mémoire la liste des adresses parisiennes de Paul qu'elle récite comme une comptine pour mieux penser à lui et trouver un peu de tranquillité ; Coquillière, Feuillantines, Beautreillis, Notre-Dame-des-Champs, Chevreuse, Jussieu, et la dernière, Vaugirard, 120 rue de Vaugirard. Ce sont de jolis noms qui font rêver, elle imagine de hauts porches, des cours ombragées, une église minuscule, un jardin touffu. Elle préfère ne pas en savoir davantage, elle ne va plus à Paris, elle n'y retournera pas. Elle confie à la Providence et à Louis-Auguste le soin de faire en sorte que son petit-fils mange à sa faim chaque jour ; ce qui ne l'empêche pas d'envoyer régulièrement à Paul ce qu'elle peut grappiller ici ou là sans éveiller l'attention de son mari. Dans les grandes villes, surtout à Paris, l'argent file plus vite qu'ailleurs ; c'est aussi pour cette raison, et pas seulement pour les voir plus souvent, son Poulet et lui, qu'elle préfère que Paul travaille à Aix ou à l'Estaque. Mais il ne lui demande pas son avis, il sent que son père fouine, furète, tourne autour de ses secrets et il finit par se cabrer ; il décide, il s'en va, la mère de son fils suit, elle n'a pas vraiment le choix, là où la chèvre est attachée il faut qu'elle broute, et le petit est trimballé à droite et à gauche. La vie de Paul lui échappe. Ce monsieur Pissarro, dont il est question dans la lettre, est probablement une bonne personne et un véritable ami, un soutien. Il est plus âgé que Paul, il a une femme, des enfants ; il doit être de bon conseil, sérieux, raisonnable autant qu'on peut l'être dans ce monde. Elle ne sait trop que penser du docteur Gachet, que Paul voit beaucoup à Auvers et dont il lui parle parfois. Il est médecin mais fait aussi de la peinture et se passionne pour les peintres de son temps. Elle peine à imaginer cet homme et l'influence qu'il pourrait avoir sur son fils ; médecin et peintre, elle ne voit pas bien comment les deux peuvent aller ensemble. Une mère craint toujours les mauvaises fréquentations pour ses enfants et elle ignore à peu près tout du milieu dans lequel vit Paul, même si elle peut compter sur Émile qui s'est tant démené pour que Paul monte à Paris ; mais Émile est maintenant un homme fait, marié, il écrit des articles et des livres, il s'éloigne de l'orphelin maigrichon qui courait la campagne avec Paul et Baptiste ; Émile réussira.

C'est le creux de l'après-midi, elle pourrait dormir un peu si elle n'était pas si tracassée. Rose rêvasse dans sa chambre et Marie est à la paroisse dont elle a pris les œuvres en mains ; plus rien ne se fait sans elle, elle a hérité des qualités de son père et aurait su diriger la banque si elle n'était pas née fille. Louis-Auguste l'a souvent dit et il a raison, mais on ne peut pas charger les épaules d'une femme d'un fardeau pareil. Une mère voit venir les choses ; elle a senti très tôt que Paul ne saurait pas vivre comme son père, avoir les mêmes rêves et les mêmes envies que lui, et qu'il ne reprendrait pas les affaires. Elle a le sentiment d'avoir toujours lutté pour éviter la catastrophe entre le père et le fils, pour maintenir un peu de paix et de joie dans la maison. Si encore elle était sûre que Paul soit heureux en ménage, mais certains signes ne trompent pas et elle connaît son fils mieux que personne. Elle secoue la tête comme elle fait toujours quand elle se sent remuée et elle regarde sans la voir la lettre de Paul. C'est difficile et elle a mal au ventre quand elle pense à sa vie, à leur vie, à ce que c'est devenu. Paul aurait pu rencontrer une femme solide et dévouée qui se serait occupée de tout pour le laisser entièrement libre de travailler à sa peinture, puisque la peinture est son travail, mais elle en sait déjà assez sur cette Hortense, la mère de son petit-fils, pour comprendre que cette femme ne voit pas la vie de la même façon qu'elle. Elle n'est pas du pays, ce qui n'est pas bien grave, mais on ne sait pas trop d'où elle sort, et elle a certainement fait le modèle, comme disent les peintres. Elle n'ose pas poser de questions à son fils mais elle a bien compris que les modèles des peintres ne sont justement pas des modèles de tenue ; le mot modèle la gêne parce qu'il n'est pas à la bonne place. Ces femmes, qui sont souvent jeunes, fraîches et jolies, sinon personne ne voudrait les peindre, ces femmes donc se retrouvent seules pendant des heures dans les ateliers avec des hommes qui les payent et finissent par avoir des idées, forcément ; les hommes sont des hommes, tous, et son fils aussi ; elle ne se fait pas d'illusions. Une jeune fille ou une femme qui se respecte ne se met pas dans des situations pareilles et, si elle y est contrainte, elle ne reste pas longtemps honnête.

Plus de deux ans après la naissance de son Poulet chéri, qu'elle appelle ainsi quand elle pense à lui mais jamais devant ses parents, elle peine encore à envisager que la mère de son unique petit-fils ait pu mener ce genre de vie, même si maintenant mademoiselle Fiquet, Hortense de son prénom, un beau prénom, ne pose plus que pour Paul. Elle sait depuis longtemps, parce que son fils le lui a expliqué, que certains modèles, des hommes et des femmes, posent dans des écoles de peinture pour tous les élèves à la fois, dans de grandes salles où ils restent immobiles, et nus, pas toujours nus mais souvent, devant les apprentis qui doivent s'entraîner de cette façon chaque jour, le plus longtemps possible. On peut aussi aller copier des tableaux dans les musées, ce qui est beaucoup plus convenable mais ne suffit pas, Paul le lui a souvent répété. Il dit que le Louvre est un livre où les peintres étudient. Au début, les premières fois où il est monté à Paris, quand il revenait, il n'avait pas de mots assez grands pour parler du Louvre. Il lui racontait, à elle, quand ils se trouvaient un peu seuls et tranquilles, comment étaient ses tableaux préférés ; il donnait des détails, il s'emballait, comme un enfant, il était si heureux qu'elle croyait voir les tableaux en vrai, et peut-être même mieux qu'en vrai. Elle a retenu les noms de Véronèse et de Rubens parce que ces peintres portent le même prénom que Paul, ce qui est un signe, le signe que Paul doit suivre sa vocation, comme on suit une vocation religieuse. Elle aime bien cette idée de vocation et s'y accroche dans les moments les plus durs, quand elle doute parce qu'elle n'en peut plus de mentir, de ruser et d'espérer.

Je commence à me trouver plus fort que tous ceux qui m'entourent, et vous savez que la bonne opinion que j'ai sur mon compte n'est venue qu'à bon escient. Elle relit cette phrase de son fils qui lui fait du bien ; elle voudrait tant que Paul prenne enfin conscience de sa valeur ; évidemment qu'il est plus fort que tous les autres, elle le sent depuis toujours, mais elle n'a pas su lui donner la confiance, peut-être parce qu'elle était seule à croire en lui et que son père avait d'autres projets. Elle voudrait ne rien reprocher à son mari qui a cru faire au mieux en exigeant de Paul, pour son bien et celui de la famille, ce qu'il ne pouvait pas donner. Maintenant le mal est fait, on ne reviendra pas en arrière et il faut vivre avec le mensonge, le soupçon, les scènes et les disputes perpétuelles. Paul est tantôt très haut, comme dans cette lettre, tantôt très bas, et ce sont les pires moments, où il est à la fois abattu et en colère contre la terre entière, capable de s'emporter pour un rien, à vif. Il souffre, et elle souffre avec lui. Une mère souffre avec ses enfants et voudrait tant pouvoir leur ôter le mal, les idées noires. Elle doit tenir mais elle se sent épuisée ; tout ça dure depuis trop longtemps. Si Paul était devenu un peintre célèbre, son père aurait suivi le mouvement et changé d'idée, il se serait laissé convaincre, il aurait même été fier d'avoir un artiste reconnu dans la famille. Mais Paul n'est pas reconnu, il a beau s'échiner, ne pas renoncer, travailler comme un forçat, on ne veut pas de lui, ni dans ce Salon de Paris dont il parle chaque année, ni à l'École des beaux-arts, et il ne vend à peu près rien. Elle sait tout cela, c'est un brouhaha dans sa tête qui ne s'arrête jamais, ou presque jamais. Elle ne comprend pas à quoi sert une école pour les peintres qui n'est pas capable de reconnaître le meilleur, de faire le tri entre les besogneux, les tâcherons, son fils emploie d'autres mots beaucoup plus crus, et les autres, les vrais artistes, les grands.

Elle entend Rose sortir de sa chambre et passer au petit salon où elle se mettra au piano, le piano de Marie qui n'en joue plus depuis longtemps ; Rose est un peu triste, elle s'ennuie et n'a pas, comme sa sœur, le goût de se dépenser pour les autres. Elle ferme les yeux, soupire en pensant à Rose qu'il faudra marier, et pose ses deux mains sur les accoudoirs du fauteuil. Elle garde la lettre de Paul sous sa main droite ; elle aime bien sentir dans sa paume le contact du papier que son fils a touché aussi en lui écrivant à elle, sa mère. Elle se souvient des débuts de Paul à Paris, en avril 1861. Il avait déjà vingt-deux ans et Marie vingt ; Marie avait accompagné son père et son frère. Il s'agissait de trouver un logement correct pour Paul et de s'occuper de son installation. Marie et son père n'étaient pas allés au Louvre, ça n'aurait sans doute pas intéressé Louis-Auguste et pour rien au monde Marie n'aurait voulu contrarier son père ; il avait déjà tellement de tracas, depuis des années, avec son aîné, l'héritier du nom, qui aurait dû reprendre la banque et ne voulait pas se couler dans le moule. En 1861, Marie aurait dit des mots comme ceux-là si elle avait parlé de la situation, mais on ne peut pas parler de Paul et de la famille avec Marie ; en tout cas, elle ne peut pas. Elle devine que sa propre fille ne lui fait pas tout à fait confiance et se sent plus à l'aise avec son père. À l'automne 1861, Paul était revenu presque découragé de Paris et avait accepté de rentrer à la banque où il n'était resté que quelques mois. Elle se souvient de la tristesse de cet hiver lointain ; même Louis-Auguste, qui aurait tant voulu y croire, sentait que ça ne tiendrait pas, que Paul retomberait dans sa peinture, repartirait à Paris. Elle n'a pas besoin de réfléchir pour retrouver l'année et la saison du premier départ de Paul parce que Rose avait passé les oreillons quand sa sœur était à Paris, elle s'était occupée seule de la petite qui allait sur ses sept ans et avait fait des complications.

Ses trois enfants et, désormais, son petit-fils, même si elle le voit trop peu, remplissent sa vie, sont toute sa vie, occupent ses pensées et aussi ses prières du matin au soir. La nuit, ou pendant la sieste, il lui arrive de rêver de Paul, des Paul, les deux, fils et petit-fils qui se mélangent dans sa tête quand elle dort et portent le même prénom alors que le petit a le visage rond de sa mère et ne tient rien de son père. Marie, qui connaît la situation de son frère et en est outrée, a beaucoup critiqué le choix de ce prénom, comme si ça leur enlevait quelque chose à eux, les cinq Cézanne. Pour elle, la grand-mère, le prénom de Paul est une caresse répétée, partagée, en dépit des années et des soucis, d'une enfance et d'un enfant à l'autre. Elle ne rêve pas de ses filles, sans doute parce qu'elles vivent encore auprès d'eux. Marie a eu trente-trois ans et sèche sur place. Rose vient d'avoir vingt ans, joue mollement du piano et rêve du prince charmant que sa dot ne manquera pas d'appâter. On connaît la vie, l'argent des Cézanne fait parler en ville, et elle a souvent pensé, sans oser le dire à son mari, que ses deux filles, si elles se mariaient, ne sauraient jamais si on les avait épousées par amour ou pour la fortune de leur père. La question était réglée pour Marie mais tout restait à faire pour Rose. Au moins, quand elle s'était retrouvée enceinte, elle, à vingt-cinq ans, de Louis-Auguste dont elle était l'employée, elle pouvait être certaine qu'il n'en voulait pas à sa dot. Paul et Marie avaient déjà cinq et trois ans au moment du mariage de leurs parents, un petit mariage de rien du tout dans le froid de janvier, mais un mariage quand même, enfin, en 1844, l'année de ses trente ans. Cinq ans, elle avait vécu cinq ans dans cette situation irrégulière, qui était une honte pour la plupart des gens, à commencer par sa propre famille et celle de Louis-Auguste, mais elle avait son fils, ses enfants, elle n'était pas tout à fait malheureuse. Elle savait aussi que Louis-Auguste était un homme droit qui ferait le nécessaire quand il jugerait le moment venu, et il l'avait fait. Paul et Marie étaient nés dans le péché ; si elle avait pu parler de cette époque avec Marie, ce qui est impossible, Marie aurait employé cette expression, naître dans le péché ; ses sourcils se rapprocheraient et elle pince-rait la bouche comme elle fait toujours quand quelque chose ou quelqu'un la dégoûte. Marie est souvent dégoûtée, c'est dans son caractère ;

elle est dévouée, elle s'occupera d'eux jusqu'au bout de ses forces, mais elle n'est pas facile à vivre, elle doit tenir ça de son père. Et Paul aussi.

Paul est son aîné, son premier, elle se défend mal d'une préférence pour lui, même si elle sait qu'elle ne devrait pas, que c'est injuste pour ses filles ; elle sait mais elle ne peut pas s'empêcher et elle ne lutte plus. C'est trop difficile de se retenir toujours d'aller là où le cœur vous porte, on ne peut pas vivre comme ça toute une vie. Donc Paul est son trésor, quand il était petit, elle lui disait ce mot et beaucoup d'autres qu'elle inventait dans le creux de son oreille, tantôt à droite, tantôt à gauche, c'était le jeu du secret, de leurs secrets ; elle se souvient de tous ces mots et elle n'a jamais joué aux secrets avec ses filles. Paul est son trésor mais il est sans doute impossible à supporter pour quelqu'un d'autre que sa mère ou sa sœur. C'est un cœur d'or, un agneau et un génie, personne ne le sait mieux qu'elle, mais il a aussi des colères brusques, violentes comme un orage d'arrière-saison, c'est peut-être le pays qui veut ça ; et il se néglige, il n'est pas soigné, il n'est même pas toujours propre. Elle n'aime pas penser à ces choses qu'elle peine à s'avouer, ses deux mains se crispent sur les accoudoirs du fauteuil tendu de tapisserie jaune, Louis-Auguste a le goût de ces couleurs voyantes et fragiles. Elle ne comprend pas pourquoi ni comment un homme bâti comme son Paul, dans la pleine force de l'âge, peut se laisser aller de la sorte. Elle a des yeux pour voir et un nez pour sentir, les cheveux de Paul sont souvent trop longs et mal tenus, il commence à les perdre et sa barbe n'est pas taillée. Son travail de peinture est salissant et il ne prend aucun soin de ses vêtements. Le chaud lui monte aux joues, elle a honte et cette honte lui donne mal au cœur au creux de l'après-midi dans son fauteuil jaune. Elle a essayé de lui parler, plusieurs fois, mais elle n'a pas su trouver les mots, il ne l'aurait pas écoutée, et elle a eu peur de sa colère. Elle ne sait pas ce qui est le pire, avoir honte ou avoir peur de son fils. Elle aimerait croire que tous les artistes sont comme ça, les vrais artistes, mais elle ne peut pas suivre, ça la dépasse, et elle sait aussi qu'une mère ne doit pas se mêler de tout.

Quatre heures sonnent au carillon de la salle à manger, Marie ne devrait pas tarder. Elle n'a jamais eu honte de Marie, ni de Rose ; elles ne s'entendent pas toujours, le ton monte trop souvent avec Marie quand elle veut avoir le dernier mot, mais ses filles savent se comporter et faire honneur à la famille. Paul vit sur un autre pied, dans un monde différent, où les questions de décence, de tenue, de politesse ou même de propreté ne sont pas les mêmes que chez les bourgeois. Le mot est dans la lettre de Paul. *Tous les bourgeois rechignent à lâcher leurs sous.* Son fils se moque des *bourgeois* et ne veut pas vivre comme eux ni adopter leurs manières, mais il dépend de leur argent pour être reconnu et de celui de son père pour vivre. Elle n'a pas oublié la phrase que Louis-Auguste répétait à Paul quand il avait vingt ans ; *enfant, enfant, songe à l'avenir, on meurt avec du génie et l'on mange avec de l'argent.* L'argent, les *bourgeois* ; elle sait que les *bourgeois* d'Aix regardent de haut les Cézanne et leur argent trop frais ; elle comprend ces choses, Louis-Auguste n'a pas eu besoin de les lui expliquer. Elle relit la lettre une troisième fois et sourit ; *le fini qui fait l'admiration des imbéciles.* Elle est la mère d'un génie mais elle admire comme les *imbéciles* ; elle aime bien, elle, le *fini*, et ne se sépare pas de la copie faite par Paul du *Baiser de la muse* de Frillié qui est accrochée dans sa chambre ici, à Aix, depuis quatorze ou quinze ans. Elle n'ose pas avouer à son fils que le grand portrait de son père assis dans son fauteuil en train de lire le journal qu'il a peint dans le salon ovale du jas lui a toujours semblé n'être pas *fini* justement. Elle avait pourtant été contente que Louis-Auguste accepte de poser, c'était bon signe, pour une fois que le père et le fils feraient quelque chose ensemble ; surtout que poser pour Paul n'était pas une petite affaire, elle y avait à peu près renoncé, tant pis, Paul se débrouillerait autrement s'il voulait peindre sa mère. Elle avait été terriblement déçue par le portrait de son mari. Les mains de Louis-Auguste, ses pieds, la page du journal, le tissu fleuri du fauteuil, le mur et le sol, rien n'est net, ça n'est pas soigné, comme Paul lui-même. On reconnaît son mari, c'est sûr, mais ce tableau la gêne et elle ne l'aime pas. Elle préfère *Les Quatre Saisons* que son fils a aussi représentées dans ce salon et qui ont tellement impressionné Louis-Auguste parce que c'est un énorme travail. Elle ne comprend toujours pas pourquoi son fils ne les a pas signées de son nom mais de celui d'un autre peintre qui est célèbre, monsieur Ingres. *Le Baiser de la muse* n'est qu'une copie, elle le sait, mais c'est autre chose que Louis-Auguste dans son fauteuil ou ces portraits de son frère, Dominique, que Paul a peint une bonne dizaine de fois et qu'elle n'aime pas non plus. Elle ne se lasse pas du chignon de cette muse blonde, des plis roses de sa robe, du cou et du visage lisses de l'artiste, un poète sans doute, un écrivain, comme Émile, tant pis si Paul appelle ça le *fini* et s'en moque. Elle s'accroche à la tendresse de la muse, à sa douceur ; elle pourrait embrasser son fils comme ça si elle en avait encore le droit mais on peut à peine toucher Paul. Elle se résigne, elle ne connaît rien à la peinture mais veut croire en Paul et le soutiendra autant qu'il le faudra, comme une mère doit le faire. Elle est d'ailleurs très reconnaissante à son frère d'avoir posé aussi souvent, avec une telle patience, alors que son travail d'huissier n'était pas de tout repos à cette époque ; elle réfléchit, c'était en 1866, elle en est certaine, Paul avait passé une grande partie de l'année à Aix et peignait aussi dehors, dans la campagne, par tous les temps. Elle ne dormira pas, elle ferait mieux de s'extraire de ce fauteuil trop mou et d'aller s'asseoir avec son ouvrage sur la banquette du petit salon où Rose s'est mise au piano. Marie, quand elle rentre, n'aime pas la trouver les mains vides, enfoncée dans ses pensées. Marie est encore jeune et ne peut pas savoir ce que c'est que d'avoir soixante ans et le cœur plein de souci pour les siens.

Au petit salon, elle prendra place derrière Rose et gardera les yeux baissés sur son travail comme sur le tableau que Paul a peint à l'époque où Marie jouait encore. Elle pense à ce tableau dont elle ne croyait pas avoir gardé un souvenir aussi net ; Marie est en robe blanche, elle a déjà vingt-cinq ou vingt-six ans, ses mains sont raides et longues sur le clavier et son dos très droit. Leurs deux têtes, la sienne et celle de Marie, se confondent avec les motifs de la tapisserie qui a été changée depuis parce que Louis-Auguste la trouvait vieillotte. Elle a oublié ce que jouait Marie et ne sait pas davantage ce que joue maintenant Rose ; c'est peut-être la même chose mais, bien qu'elle aime se laisser bercer quand elle coud, elle ne retient ni les mélodies ni les noms des musiciens. La musique la distrait de ses pensées qui ne sont pas gaies. Cette peinture non plus n'est pas gaie ; elle comprend soudain pourquoi elle lui revient en mémoire, c'est à cause de la tristesse, qui serait une maladie qu'elle aurait attrapée en vieillissant, à force de lutter. Elle entend la voix de Marie, elle se lève et marche vers le petit salon. Elle ne relira pas la lettre de Paul une quatrième fois ; elle la remet avec soin dans son enveloppe et la glisse dans la poche de sa robe comme un secret.

DANS L'ATELIER FENDU

Le samedi 18 juin 2022, j'entre pour la première fois dans l'atelier des Lauves et je vois d'abord l'échelle, une échelle double en bois, plantée, déployée, mise en scène ; je sais pourquoi je ne vois d'abord que l'échelle dans l'aimable fatras de l'atelier, l'échelle, et pas les chaises paillées, ni le poêle, ni les pommes éternelles, ni les objets flagrants et les choses avérées, celles qui attestent, par leur seule présence muette, un peu bancale, modeste, voire poussiéreuse, qu'ici fut accompli l'acte de peinture. L'amour en plâtre blanc est là, sans bras, dodu, joufflu, chantourné ; sont là aussi le pot à épices bleu, les bocaux à olives verts, les crânes, et une accorte petite table garnie d'un feston de bois sculpté. On les a vus sur les reproductions et dans les expositions et on les reconnaît, le pot, les bocaux, l'amour, la petite table et son feston. On les retrouve et on aime les retrouver, c'est même aussi pour ça que l'on visite les ateliers des peintres ou les maisons d'écrivains, pour la reconnaissance, la familiarité, pour faire partie de la tribu, y entrer, s'y frotter et se tenir à l'épicentre du séisme de la peinture ou de l'écriture. C'est l'effet pelisse de Proust ou table de Balzac ; le corps égrotant de Proust a endossé cette pelisse lourde, la carcasse de Balzac fut rivée à cette table de rien du tout que l'on visite pieusement au 47 de la rue Raynouard, à Passy. Certains objets ou lieux, comme le Nohant de George Sand, demeurent ainsi très frémissants, presque frétillants, vibrants, des décennies après qu'ils ont été désertés.

Dans l'atelier des Lauves, encore vibrant, à la fois désuet et foutraque, je ne résiste pas à l'échelle. Il y avait une échelle dans la cour de la ferme de mes parents, une échelle simple, agricole, massive, sommaire, solide et efficace. On l'utilisait, on, nous, les enfants, pour le jeu ou pour le travail. Elle était dressée contre la façade de la maison et donnait accès à un appentis. On ne la déplaçait pas, elle était lourde, elle était là, elle avait toujours été là ; ensuite, je suis partie, l'échelle est restée quand je ne faisais plus que passer parfois dans la cour, devant l'échelle et jamais dessous. Elle est devenue bancale, s'est dégarnie, *ses barreaux ont cédé; personne ne se serait risqué à l'enfourcher, les corps vieillissaient avec elle mais les paroles du père ne vieillissaient pas, ne désarmaient pas. Quand j'étais enfant et adolescente, le père, mon père, disait que le monde était une échelle, on montait les barreaux ou on les descendait; c'était sans appel et la vie était faite comme ça. L'échelle de l'atelier des Lauves me happe parce qu'elle incarne la loi du père et un certain rapport au monde; je ne mettrai pas longtemps à comprendre combien Louis-Auguste Cézanne, le père, qui avait si gaillardement gravi les barreaux de l'échelle, passa les vingt-cinq dernières années de sa vie à se débattre en vain pour que Paul Cézanne, le fils, consentît à lui emboîter le pas dans l'ascension au lieu de dégringoler sans fin dans les bas-fonds sordides où croupissent pour les siècles des siècles les peintres demeurés méconnus. L'échelle était radicale, elle faisait aussitôt image, motif et matière textuelle, je ruminais déjà, je cézannais déjà, à corps perdu, alors que je n'avais pas encore ouvert le chantier.*

Aujourd'hui, quelques mois plus tard, le chantier est béant et l'échelle résiste, demeure, haut campée dans ma mémoire comme dans l'atelier des Lauves où elle se trouvait du vivant de Paul

Cézanne ; une telle présence ne saurait être apocryphe. L'échelle impérieuse renvoie, me renvoie aussi au corps de Paul Cézanne, à ses gestes répétés, à sa patience longue, à son ardeur et à sa ténacité. Toujours il travailla, toujours et partout il eut des ateliers, des cabanons, des appentis, en Île-de-France et dans le pays d'Aix, à Marlotte et à l'Estaque, à Pontoise et à Château-Noir, dénichés ici et là, prêtés, partagés, concédés, désertés. À la faveur de grands travaux entrepris au Jas de Bouffan en 1881, son père fit même aménager pour lui le dernier étage de la bâtisse et ouvrir une verrière propice. À la fin de sa vie, en 1906, vissé rue Boulegon par la maladie et la canicule, il annexera le cabinet de toilette d'Hortense, réfugiée à Paris avec son fils. L'atelier des Lauves, toutefois, sera le dernier et le seul inventé, conçu entièrement par lui. Paul Cézanne a acheté ce terrain en novembre 1901 pour faire ensuite construire la maison atelier qui n'a été terminée qu'à l'automne 1902. Il avait commencé à souffrir du diabète dès 1890, et il faut l'imaginer, empêché, accablé, perclus de douleurs dans les dernières années de sa vie, manipulant dans l'atelier cette échelle double, lourde, immense, la déplaçant, posant sur les barreaux, j'en compte dix-neuf, ses pieds bouffés par le diabète pour accéder à la partie haute de ses grandes baigneuses, cherchant l'équilibre. Il est seul, il souffle, il ahane, il geint peut-être, il grogne, mais il fait, il doit faire, il fera, jusqu'au bout, avec les forces qu'il a, avec le corps qui est devenu le sien. Il se tue à peindre. Il se tue de peinture, et ne sait pas, ne veut pas, ne peut pas vivre autrement.

Je suis vieux, malade, et je me suis juré de mourir en peignant ; *il l'écrira le 21 septembre 1906 à Émile Bernard qui l'avait photographié en mars 1904 devant ses* Baigneuses, *celles de la* Fondation Barnes, *les* Grandes *de* Philadelphie. *Les baigneuses des rives de l'Arc culminent à deux mètres quarante, sur quatre mètres de large, et, sur la photo de 1904, Paul Cézanne est assis devant cet énorme morceau de peinture, jambes croisées, la droite sur la gauche comme celles du jardinier Vallier dans une huile sur toile qui est à Londres, à la Tate Gallery. Les mains longues de Cézanne et celles du jardinier, à peine esquissées, sont posées sur leurs cuisses, leurs barbes d'hommes vieillissants sont pointues et blanches. On sait que les mains du jardinier Vallier ont frictionné le corps intouchable du peintre Cézanne, l'ont soulagé,* Vallier me frictionne, les reins vont un peu mieux, *Cézanne l'écrit à son fils le 25 juillet 1906 ; il ajoute que* le pied va mieux *puisque madame Brémond, sa gouvernante, le dit. Le père attend des pantoufles que le fils doit envoyer, le 3 août le père les réclame, le 12 août le fils les envoie, enfin ; elles arrivent, elles sont arrivées le 14 août, on le sait,* je les ai chaussées, elles me vont très bien, c'est une réussite. *Sa journée de peinture faite, le père rentre rue Boulegon et fourre ses pieds suppliciés dans les providentielles pantoufles filiales. La confiance du père dans le fils, pour les pantoufles et le négoce des peintures, est douce ; le père serait devenu l'enfant du fils, il s'en remet à lui qui sait se comporter dans le monde et tient peut-être ces belles qualités de feu son grand-père, le rogue banquier. Ainsi adossé au fils, comme à lui encordé, le père tient bon, il a tenu, il tiendra, il lui semble qu'il fait* de lents progrès, *il l'écrit à Émile Bernard le 21 septembre. Il est en chemin, il va au motif, le monde le happe, le monde le travaille ; lumières, formes, couleurs sont inépuisables et son acuité de perception est intacte, mais* il faudrait avoir vingt ans de moins. *Il le dit au fils, dans sa dernière lettre, celle du 15 octobre ; il passe commande de* pinceaux en émeloncile, deux douzaines, *et ajoute,* je continue à travailler avec difficulté, mais enfin il y a quelque chose.

À la Tate Gallery, à Londres, la lumière des Lauves danse pour toujours sur le pantalon du jardinier Vallier et le macule de peinture, comme l'est celui de Paul Cézanne quand, en mars 1904, il pose pour Émile Bernard devant Les Grandes Baigneuses. *Il pose gravement, frontalement, en tenue de travail, en tenue de combat; peut-être a-t-il passé sur son gilet un veston, un paletot de drap cossu qui n'est pas la veste plus ajustée, moins sombre, qu'il porte sur une deuxième photo prise par le même Émile Bernard, sans doute le même jour. Cézanne est debout, pinceaux en mains, coiffé d'une calotte quasiment épiscopale, un rien de malice flotte sur son visage, il s'anime, il est au bord du faire, à deux doigts de. On ne s'approchera pas davantage; je tourne autour du corps et des gestes du peintre dans le silence de l'atelier des Lauves. Je voudrais entendre, je n'entendrai pas comme lui ce silence que percent les seules stridulations des cigales; pas de vent dans les pins, en 1904, 1905, 1906, les pins ne s'élancent pas encore dans le ciel du jardin des Lauves, un tilleul ombrage la terrasse, des plantes poussent dans des pots, on le sait, et Vallier, quand il ne frictionne pas le maître, s'occupe des pots, des plantes, de la terrasse. La vue est ouverte sur les toits d'Aix que Cézanne peint à l'aquarelle. Les pins ont poussé, la vue s'est fermée, le quartier des Lauves est couvert, quadrillé, hérissé de résidences plus ou moins coquettes. Le chemin des Lauves est une large avenue goudronnée, l'arrêt du bus, ligne 12, s'appelle Cézanne et l'avenue aussi. Partout dans la ville et en ses entours la marque Cézanne, désormais, fait repère et fait vendre. Les temps ont changé, le nom de Cézanne, longtemps raillé ou méconnu, est aujourd'hui partout répandu et porté au pinacle, mais les saisons du pays d'Aix demeurent, et la chaleur reste, énorme, immuable, nue.*

Le 18 juin 2022, en milieu de matinée, il fait déjà plus de trente degrés à Aix ; le jardin des Lauves est une aimable fournaise où Paul Cézanne dut renoncer à chercher refuge en 1906, pendant le dernier été de sa vie. Entre le 20 juillet et le 21 septembre 1906, il l'écrit à son fils, c'est lancinant ; la chaleur est tour à tour insupportable, accablante, stupéfiante, effrayante, odieuse, épouvantable, impressionnante, terrible. *Dans la lettre du 3 août, il est très précis.* Je me lève matin, et ce n'est guère qu'entre cinq et huit heures que je vis de ma vie propre. À cette heure-là, la chaleur devient stupéfiante et exerce une telle dépression cérébrale que je ne pense même plus en peinture. *Le 12 août, il écrit.* Les sensations douloureuses m'exaspèrent au point que je ne puis les surmonter, et qu'elles me font vivre en retrait, c'est ce qu'il y a de mieux pour moi. *L'échelle, la chaleur, le corps accablé, et la lutte, pour* surmonter *et continuer, pour demeurer en peinture et vivre* de sa vie propre, *tenir, travailler dans les petites heures du matin, et, chaque jour, attendre* le moment où la voiture *le* conduira à la rivière. *La rivière, c'est l'Arc, la rivière des échappées de jeunesse avec les amis, Émile, le Zola que l'on sait, et Baptiste, la rivière têtue où* il vient vers le soir des vaches, qu'on mène paître. Il y a de quoi étudier et faire des tableaux en masse. *Il y eut des baigneurs et des baigneuses, il y a des vaches et des moutons, et il y aura des tableaux, tant que le corps tiendra. C'est la même rivière, rieuse et vive comme savent l'être les rivières, mais il faut payer pour se faire transporter en voiture ; ensuite, en octobre 1906, on ira derechef à pied, une brouille étant survenue avec le cocher qui* a élevé le prix de la voiture de trois francs, aller-retour. *Le corps dru de la jeunesse qui partait vaillamment* au paysage *harnaché de tout le barda de peinture n'est plus, on se replie sur* le sac d'aquarelle seulement, remettant à peindre à l'huile qu'après avoir trouvé un dépôt de bagages ; autrefois on avait tout ça pour trente francs par an.

Autrefois n'est plus. La vie est faite, Paul Cézanne père qui écrit à Paul Cézanne fils les lettres de l'été et de l'automne 1906 le sent, en dépit des pantoufles, des progrès, des deux douzaines *de pinceaux commandés, des mains de Vallier qui frictionne et des applications de coton iodé de la mère Brémond ; il écrit tantôt* la mère, *tantôt* Madame. *Elle signera* BREMOND, *en majuscules pressantes, le télégramme du 22 octobre, envoyé à dix heures vingt, VENEZ DE SUITE TOUS DEUX PÈRE BIEN MAL. Paul Cézanne mourra le lendemain, à neuf heures du matin, sans son fils ni sa femme, qui arriveront trop tard. Ensuite, très vite, en quelques semaines, le fils et la femme, Paul et Hortense, videront l'atelier de ses œuvres ;* Les Grandes Baigneuses *passeront par la fente ménagée pour leur carcasse colossale sur* la façade sud de l'atelier, *elles partiront dans le monde par la fente haute et inouïe ; resteront la lumière et les choses, la lumière vivace posée sur les choses, sur l'échelle, les pots, les bocaux, la table et l'amour de plâtre, jour après jour, saison après saison, en silence, pendant quinze ans dans l'atelier fendu de Paul Cézanne entre la date de sa mort, le 23 octobre 1906, et l'achat des Lauves par monsieur Provence en décembre 1921. La lumière continue, elle est là, dans l'atelier, toujours neuve, nous nous tenons devant elle, elle nous traverse et nous pensons à lui, puisqu'enfin il y a quelque* chose.

*« Cézanne le Banquier ne voit pas sans frémir
Derrière son comptoir naître un peintre à venir. »*

Vers inscrits par Paul Cézanne
dans le livre de comptes de la banque
Cézanne et Cabassol, probablement
à l'automne 1861.

Il se réveille de plus en plus tôt et ne se rendort pas. Il attend ; il attend la fin de la nuit, il attend que sa femme se lève, que sa fille se lève ; il ne saurait rien faire sans elles et se laisse dorloter comme un vieil enfant malade. Il attend de mourir, il va sur ses quatre-vingt-huit ans, c'est son heure. Il voudrait seulement ne pas perdre la tête et ne pas trop souffrir. Chaque matin il rumine ; il rumine sa vie et il a beaucoup à penser. Il ne s'ennuie pas, il s'applique à ne pas bouger dans le lit bien chaud. Tant qu'il reste immobile, il n'a pas mal et il ne sent pas son corps qui est devenu friable. Depuis des années, il ne se reconnaît plus, lui si solide, gaillard, invincible ; ses mains et ses pieds sont toujours froids et semblent ne plus lui appartenir, sa peau pend, ses articulations craquent ou se bloquent. Il n'a plus confiance en ses gestes, il est devenu lent, il ne prend aucun risque. Quand Marie entrera dans sa chambre, entre sept heures et quart et sept heures vingt, comme elle fait chaque matin, il n'aura pas besoin de lui demander si elle est contente que son frère soit enfin marié. Il saura, à sa façon d'ouvrir la porte et de déposer la tasse de café au lait sur le guéridon pour aller tirer les rideaux, si elle est soulagée, déjà agacée, déçue. Ils n'auront pas besoin de parler ; ils se parlent de moins en moins, ce serait une fatigue inutile et Marie prend soin d'économiser les forces de son vieux père.

Marie est attentionnée, presque tendre, du moins avec lui. Il n'a jamais vraiment cherché à comprendre ce qui la cabre contre sa mère, il a eu d'autres chats à fouetter dans sa vie que ces querelles domestiques. Il se contente de penser depuis plus de quarante ans que sa femme et lui ont eu chacun leur enfant préféré, Marie pour lui et Paul pour elle. Quant à Rose, c'est une autre histoire ; elle est née plus tard, après leur mariage, la vie était devenue plus facile, il avait régularisé la situation, et d'ailleurs, d'une certaine façon, Rose a été une enfant plus docile que son frère et sa sœur. Elle a une vie normale, avec un mari et des enfants, et n'a été bouffée ni par la peinture ni par les jésuites. Il pense peu à Rose et ne saurait plus très bien dire quand elle est venue les voir pour la dernière fois alors qu'elle leur amène très régulièrement les deux petites dont il peine d'ailleurs à se rappeler les prénoms, Marthe et Antoinette, ou Marie et Paule. Sa mémoire est parfois capricieuse ; il se souvient en revanche que la deuxième est la filleule de Paul et qu'Auguste, le seul fils de Rose, né le 21 septembre 1883, est mort le 22 novembre de la même année. Il irait sur ses trois ans, il galoperait sous les marronniers du jas et se pendrait aux jupes des femmes comme font les gosses quand apparaît un vieil épouvantail comme lui. C'était un nourrisson long et pâle, très noir de cheveux, tous les Cézanne le sont ; il l'avait tenu dans ses bras, deux fois seulement et sans trop y croire. Auguste aurait ajouté le nom de sa mère à celui de son père qui ne s'y serait pas opposé à condition de pouvoir continuer à dilapider l'argent de sa femme. Marie n'aurait pas d'enfant et l'existence du fils de Paul était clandestine ; longtemps il n'avait pas trouvé de meilleur mot que celui-là pour qualifier ce descendant mâle qu'il ne connaissait que depuis le mois dernier. Un gamin de quatorze ans, l'avenir du nom reposait sur les épaules d'un gamin de quatorze ans puisque Auguste n'avait pas vécu. On avait même cru perdre Rose, sa mère n'avait pas quitté son chevet pendant plus de trois semaines et Marie restait persuadée que sa sœur avait été sauvée par ses prières enragées. Marie faisait tout avec rage, ses fichues prières de chaque minute, le café au lait du matin, et les comptes de la famille. Elle tenait aussi à bout de bras les bonnes œuvres de la paroisse et avait fini par le convaincre, lui, d'accepter que Paul épouse la mère de son fils qu'il entretenait en secret avec l'argent de la famille à peu près depuis 1870. Cette femme avait été et serait toujours un boulet pour son fils qui était peut-être un peintre de génie, en tout cas sa mère en était convaincue, mais n'avait aucun bon sens et ne savait pas vivre. Il connaissait désormais Hortense, sa belle-fille, et même si on le croyait plus ou moins gâteux parce qu'il préférait le plus souvent se taire plutôt que de n'être pas écouté, il savait, lui, que son fils n'avait pas la femme qu'il lui aurait fallu, et il sentait que Marie et sa mère étaient du même avis que lui. Quant au gamin;

que penser d'un gamin de quatorze ans qu'il n'aurait pas le temps de connaître et qui avait grandi dans des conditions pareilles, en vivant aux crochets d'un grand-père censé ignorer son existence.

La lumière de fin avril montait dans la chambre et dessinait les contours des meubles en dépit des persiennes et des rideaux que Marie s'obstinait à fermer pour le préserver des courants d'air, quand il aurait voulu vivre ou mourir tête nue sur la terrasse ou dans les allées du jas. Il était devenu un vieillard fragile que l'on protégeait de tout, mais on ne pouvait pas l'empêcher de remuer sous son crâne chauve des pensées rances et familières, qui n'étaient pas forcément de bonne compagnie et ne le quittaient guère, surtout le matin au réveil. Il avait insisté pour que Marie le fasse reconduire au plus vite à Bouffan, la veille, aussitôt après le mariage civil. La cérémonie religieuse aurait lieu dans quelques heures à Saint-Jean-Baptiste, la paroisse du jas, mais il n'y assisterait pas, sa femme non plus. On avait dû se transporter en ville pour quelques jours, Marie l'avait exigé, et il avait hâte de reprendre et de garder ses quartiers de campagne, surtout en cette saison, qui était la meilleure. Il voulait mourir au jas, même s'il pressentait qu'il lui serait difficile de s'appartenir dans ces moments-là où Marie et sa mère ne manqueraient pas de l'accabler de médecins, de remèdes et de prières. Paul s'était emballé pour le jas dès le début, comme lui; il avait vingt ans, il avait aussitôt parlé de peindre ici et là, et l'avait d'ailleurs fait dans le grand salon ovale. Encore aujourd'hui, plus de vingt ans après, il pense avec plaisir et fierté, oui, une sorte de fierté, aux *Quatre saisons* représentées par son fils sur les murs de cette pièce, de grandes femmes en couleurs, des fleurs, des fruits, du blé, un feu, des étoiles, des arbres, le ciel. Il se souvient même d'avoir posé, moins souvent que son beau-frère qui était plus patient, mais assez longtemps pour que Paul peigne au moins un portrait de lui lisant le journal dans son fauteuil. Il préfère les grandes femmes en couleurs, il ne saurait pas dire au juste pourquoi, mais il n'est pas mécontent de se voir là, au milieu du salon ovale, assis sur une sorte de trône à sa mesure. Son fils et lui auront au moins eu ça en commun, le jas, la maison, les arbres, les allées, les prés, les bâtiments de la ferme, le bassin; un royaume où n'aura pas grandi son petit-fils, l'unique héritier du nom, mais où Paul a son atelier depuis les grands travaux de 1881. Il ne perd pas le nord pour les dates, même s'il se sent comme une vieille bête, fourbu et dépassé. Il n'a plus de rêves mais il aime le jas, de toutes les forces qui lui restent, et c'est là qu'il veut vivre son dernier été, si ce doit être le dernier.

Ce serait mieux, il dure trop, c'est trop long, mais on ne choisit pas. On ne choisit pas sa mort, on ne choisit pas son fils. Il a souvent pensé, quand il était plus jeune, au fils qu'il aurait aimé avoir, un homme fiable, entreprenant, qui aurait étudié le droit et porté ensuite la banque et les affaires de la famille au plus haut, un homme dont les meilleures familles d'Aix auraient recherché la compagnie et l'alliance au lieu de se moquer des Cézanne et de leur gros argent. Cet homme n'aura pas existé. Sa fille, Marie, aurait eu cette carrure, mais elle n'est qu'une femme. Elle reste capable, en dépit de ses manies de religion, et saura s'occuper de sa mère et de son frère. Paul aura toujours besoin d'être protégé contre lui-même ; il a tenté de le faire, depuis le début, parce que c'est le devoir d'un père et que Paul est son premier-né, la chair de sa chair. On a toujours dit qu'il tenait du côté de sa mère, et c'est en partie vrai, mais la colère de Paul ne vient pas de sa mère ; il la reconnaît, elle sort de chez lui, des Cézanne de Saint-Zacharie qui ont toujours voulu aller plus loin, plus haut. S'il s'était contenté, lui, des chapeaux de feutre et de la boutique du cours, s'il n'avait pas osé, à cinquante ans, créer sa banque avec Cabassol, la famille n'en serait pas là aujourd'hui. Paul et Marie auront chacun au moins vingt-cinq mille francs de rente et Rose devrait aussi pouvoir mettre ses filles à l'abri du besoin si son mari aux mains percées ne lui mange pas tout son bien.

Il préfère ne penser ni à son gendre ni à sa bru, il s'énerverait et Marie serait contrariée de le trouver dans cet état dès son réveil. Marie a l'œil, rien ne lui échappe, elle devine ce qui le traverse et l'agite. Elle ne va pas tarder, surtout aujourd'hui où elle sera témoin de son frère à l'église. Il entend la maison se réveiller autour de lui et il aime cette heure du matin où il peut avoir encore un peu l'illusion d'être au centre de la ruche. Il a fait ce qu'il a cru devoir faire et ce qu'il a pu pour Paul, depuis son tout premier départ à Paris jusqu'à ce piètre mariage de la veille. Marie, à force de répéter à son frère, épouse-la, épouse-la, est arrivée à ses fins, arracher Paul à l'état de péché mortel dans lequel il vivait depuis longtemps. Il n'aime pas entendre sa fille, si raisonnable et si solide, parler ainsi, comme si elle était chargée d'assurer le salut éternel de toute la famille, mais il croit reconnaître plus ou moins dans cette exaltation la version religieuse de son propre acharnement à bâtir une fortune et à gouverner la vie de son fils. Il ne regrette rien, ni les lettres ouvertes, ni les coups de sang, ni les coups de gueule, mais, aujourd'hui encore, il n'aime pas savoir que sa femme et Marie lui ont menti pendant des années ; il se demande comment sa fille a supporté d'avoir un tel poids sur la conscience, il évite d'y penser et ça lui laisse un goût de fer froid dans la bouche.

Un homme comme lui ne pouvait pas accepter sans lutter ce que sa femme appelle la vocation de Paul, d'un mot qui justifie tous les sacrifices et sent l'église. Il a fini par se résigner, il a capitulé devant la vieillesse, devant sa fille et devant la volonté de son fils. Marie et Paul lui ressemblent, ils ne lâchent pas, ils ne lâchent jamais, ils continuent, ils tiennent, ils vont jusqu'au bout et ils sont plus durs que lui alors qu'ils ont eu une vie moins rude que la sienne parce qu'il était passé devant, il avait fait la trace et ouvert le chemin. Si seulement Paul avait réussi dans la peinture comme lui dans la banque, la situation serait différente et le nom de Cézanne autrement considéré en ville. On rit de Paul ; même s'il n'a plus vraiment l'occasion de le constater, il le devine, en dépit des efforts déployés par Marie pour les tenir à l'écart, sa femme et lui, des ragots du cours Mirabeau. Si l'honneur de la famille n'était pas en jeu, ça l'amuserait presque, à son âge, de voir Paul se moquer du monde avec ses cheveux longs et ses manières d'ours, mais il lui reste encore assez de jus pour comprendre que l'humiliation continue, en dépit de l'achat du jas, des bonnes œuvres de Marie ou du mariage de Rose. Les Cézanne sont riches, mais ils n'ont pas les façons qu'il faut et ne font pas partie du cercle fermé des bonnes familles que la clef de la banque n'a pas suffi à leur ouvrir.

Il y a pourtant cru, et il a jeté toutes ses forces d'homme dans cette bataille qu'il s'agissait de gagner pour et avec sa tribu. Paul n'a pas suivi, Paul n'a pas pu ou pas voulu suivre, aujourd'hui il ne se pose plus la question et il est trop tard pour tout. Il a compris depuis longtemps que l'ami d'enfance de Paul, Émile, qu'il accusait de fourrer dans la tête de son fils des idées tordues sur la vie, la peinture, la gloire, le génie, n'est responsable de rien. Il sait d'ailleurs que ce garçon est devenu un écrivain célèbre, reconnu, alors que Paul n'arrive toujours pas à exposer ses tableaux dans ce Salon de Paris où il faudrait être admis et remarqué pour clouer le bec aux rieurs d'Aix. Tout récemment il a plus ou moins entendu Marie et sa mère s'indigner au sujet d'un livre écrit par cet Émile, Émile Zola, il retrouve le nom, où il est question d'un peintre raté qui finit par se suicider. Marie s'échauffait, parlait de scandale, de trahison, et, pour une fois, sa mère semblait de son avis. Il n'avait pas cherché à en savoir davantage ; au point où il en était, avec ses vieilles douleurs, ce mariage calamiteux et les frasques du mari de Rose, il se contenterait de la version officielle fournie par Marie.

Il pense à son petit-fils qui ressemble plus à sa mère qu'à son père mais a plutôt bon visage, et il suffit de voir le fils et le père l'un à côté de l'autre pour comprendre qu'ils s'entendent.

Il l'a senti, lui, même si ses filles et sa femme le croient incapable de percevoir ces nuances ; nuances est un mot de Marie et de Rose que sa femme utilise aussi. Il écoute, il regarde, il ne dit plus grand-chose, mais il saisit tout et il ne peut pas s'empêcher de se demander si son fils est meilleur père que lui. La question est inutile, il le sait, mais elle le poursuit depuis qu'il a vu les deux Paul ensemble. Il n'en parlera pas à Marie qui piquerait du menton, froncerait le sourcil et se mettrait à ressembler à ce qu'elle est, en dépit de toutes ses qualités, une vieille fille bigote et racornie. Marie va sur ses quarante-cinq ans, son compte est bon et il aurait aimé la voir plus heureuse ; il n'est pas certain qu'une vie d'épouse, avec un mari et des enfants, comme celle de sa mère ou de Rose, lui aurait mieux convenu. Il a toujours pensé qu'elle était née pour être un homme, il aurait eu deux fils, l'un banquier et l'autre peintre, les choses auraient été plus simples. Marie va venir et il prend la pose du sommeil ; il a surpris une fois Paul en train de dessiner sa mère endormie dans son fauteuil au moment de la sieste, Paul ne l'a pas vu et il ne les a pas dérangés. Chaque matin, quand il sait que Marie va entrer dans la chambre, il pense à la douceur du regard de Paul sur sa mère endormie, et il fait semblant; pour rassurer Marie, il ferme les yeux.

ALLER AU PAYSAGE

Je vais au paysage tous les jours, *Cézanne père l'écrit encore à Cézanne fils le 22 septembre 1906, un mois avant sa mort.*

J'appelle paysage le corps des pays et aller au paysage, *quand on s'appelle Paul Cézanne, c'est aller au corps-à-corps, engager tout le corps, toute la viande, pour de vrai, éperdument, à corps perdu. Perdre, trouver, chercher, on est à l'épicentre, on cherche la peinture, dans la lumière et dans le vent, dans le chatoiement des choses et dans leur fourbi, on est assailli, on est traversé, le monde est indémêlable, inextricable, c'est un taillis, une broussaille charnue et insolente couchée sous le ciel. Le monde est hirsute, il est offert, il se refuse, il galope, il s'écartèle, il suinte, il sue, il renâcle. On le prend comme il est, on n'a pas le choix, on s'appelle Paul Cézanne et on va tout réinventer.*

Marie-Hélène Lafon

Dès les années 1860, il le fait, il y va ; il vient d'avoir vingt ans et il commence, il y prend goût, il se harnache, c'est tout un barda, ça doit peser sur le dos, tirer sur les épaules et la nuque. Il y faut la santé, le jus, la force longue, le désir et la ténacité. Dans la jeunesse on n'y pense pas, on est gaillard, on a le pied léger, mais, plus tard, on dénichera, on louera ou on empruntera ici un cabanon, là un appentis, pour déposer le matériel ou s'abriter d'une grosse pluie dans une odeur de laine mouillée et de terre battue que je suppose et flaire volontiers, le 24 octobre 2022, aux entours du cabanon des carrières de Bibémus. Le cabanon se prête au jeu, sans manières, il a bonne façon et fière allure ; le Philémon ou le Boniface de Giono pourraient en sortir, ils s'adosseraient au mur tiède et cuveraient leur vin de sauvagine, on n'y verrait que du feu, on serait aux anges, comme à tu et à toi avec Cézanne et Giono, les deux, ce qui est hors temps et hors sol mais assez irrésistible. D'aucuns pourraient objecter, objecteront que le cabanon de 2022 est un leurre pour les touristes de mon piètre et naïf acabit ; il est un peu trop coquet, léché, apprêté, préservé et conservé. On conserve le cabanon, si on ne l'avait pas conservé, il aurait mal tourné, les ronces l'auraient avalé.

On a eu raison de le conserver et on a raison de le bichonner, il le faut, c'est mieux que rien.

La pluie a cessé, Cézanne sort du cabanon ; fortement chaussé, coiffé d'un chapeau large, à bords plats, il respire des odeurs vivaces, les pins s'égouttent, d'autres pins, pas les mêmes et les mêmes cependant, les bois s'ébrouent. La pluie a fouetté les couleurs qui s'affolent et débordent les formes, le délire n'attend pas, il est urgent de peindre, il est urgent de vivre. Chaussures robustes, couvre-chefs augustes, bâtons têtus qui ouvrent le chemin, équilibrent le poids du corps et prennent élégamment la pose devant le photographe, tous les peintres qui vont au paysage se ressemblent. De pieuses images archivées à Orsay ou au Louvre attestent que l'on ne va pas forcément seul au paysage ; en 1873, Cézanne (au centre) et Pissarro (à droite) sont flanqués de deux autres artistes et les quatre barbus officient dans la région d'Auvers. L'impeccable barbe blanche de Pissarro flamboie, doucement dardée, et fait forte impression. Le département des arts graphiques du Louvre conserve un émouvant dessin au crayon de Paul Cézanne, Camille Pissarro allant au motif, dessin et photo vont l'amble ; la jambe droite est vaillante, la main gauche est à la *hanche, le mollet gauche se tend, rien de martial, Pissarro est dansant, il invite. Sur le dessin seulement, la tête s'inclinerait vers la gauche, le trait vibre et hésite, c'est imperceptible et très tendre, ça précède le mouvement et on se prend à supposer que Pissarro fut de forte compagnie et de bon conseil pour Cézanne dans les aimables verdures du nord de la Loire.*

Plus tard, en 1904, quand la barbe de Cézanne aura blanchi à son tour, Émile Bernard le suivra sur le motif, à la Sainte-Victoire ou à Château-Noir ; on pense aussi à Charles Camoin, en décembre de la même année, ou à Maurice Denis et à Ker-Xavier Roussel, en janvier 1906. On imaginerait volontiers des pas mêlés sur les chemins, des morceaux de silence et de brèves paroles échangées, des regards coulés, quelques rires peut-être, des mains aux épaules, des coups de menton. Se frotter aux autres est souvent difficile, rugueux ; être avec les autres ne va pas de soi pour Paul Cézanne, être dans le monde non plus, mais par la peinture et pour elle, il fait corps avec les pays traversés, courtisés, apprivoisés pour être peinturés, l'Île-de-France longuement arpentée ou les bords du lac d'Annecy que chérit Hortense et qu'il subit. Il subit Talloires où il peint pour se désennuyer ;

il l'écrit à l'ami Solari le 23 juillet 1896, pour me désennuyer, je fais de la peinture, ce n'est pas très drôle, mais le lac est très bien avec de grandes collines tout autour, on me dit de deux mille mètres, ça ne vaut pas notre pays, quoique sans charge ce soit bien. Mais quand on est né là-bas, c'est foutu, rien ne vous dit plus.

Il est né là-bas, *en pays d'Aix, et c'est* foutu. *Il est pris, pour toujours. Il s'est frotté à ce* pays, *il l'aurait dans la peau ou dans le sang; il s'y est enfoncé, à s'en griser, enfant, jeune garçon, galopin, avec Jean-Baptistin Baille et Émile Zola, qui saura s'en souvenir aussi, d'une autre façon, moins douloureuse, moins intestine. Moins tragique.*

Le 9 avril 1858, Paul Cézanne a dix-neuf ans, Zola est à Paris, et c'est définitif, il n'y aura pas de retour; Cézanne et Baille espèrent les retrouvailles des prochaines vacances et Cézanne écrit au cher Zola, *avec l'emphase de rigueur, en vers surprenants et en prose faramineuse,* Te souviens-tu du pin qui, sur le bord de l'Arc planté, avançait sa tête chevelue sur le gouffre qui s'étendait à nos pieds ? [...] Nous pensons que tu viendras à Aix aux vacances, et qu'alors, nom d'un chien, alors vive la joie ! Nous avons projeté des chasses monstrueuses et aussi difformes que nos pêches.

La messe est dite, la joie *de la jeunesse est aussi une cicatrice, elle est irrémédiable. Cézanne ne peut pas se séparer du pays et du paysage, de sa jubilation et de ses vertiges ; en 1861, il ne sera pas depuis deux mois dans ce Paris tant convoité qu'il aura hâte de le fuir ; en 1896, quand il est à Talloires, il commence la lettre à Solari citée plus haut par cette déclaration lucide et désabusée,* quand j'étais à Aix, il me semblait que je serais mieux autre part, maintenant que je suis ici, je regrette Aix. *En 1904 et 1905, il montera encore travailler à Fontainebleau et il aura passé quasiment toute sa vie à partir et revenir, à ne pas trouver sa place qui n'est assurément pas à Paris mais plus tout à fait à Aix non plus.*

Sa place, ce serait la peinture, le geste de la peinture, son travail, à l'atelier, dans les ateliers, tous, mais aussi et surtout dans le paysage, en immersion, à vif, au vif du motif.

À la fin de sa vie, en dépit des empêchements de la maladie, il y va, encore et toujours, il s'y transporte, on le transporte, il est transporté, il est nourri, il est émerveillé, le paysage est inépuisable, les bords de l'Arc sont inépuisables et toujours recommencés. Il y a pour toujours matière à peinture dans ce que la lumière, le vent, les saisons font au paysage et il l'écrit à son fils le 8 septembre 1906, avec un appétit, un désir, un allant intacts, en dépit du corps qui dévisse. Ici, au bord de la rivière, les motifs se multiplient, le même sujet vu sous un angle différent offre un sujet d'étude du plus puissant intérêt, et si varié que je crois que je pourrais m'occuper pendant des mois sans changer de place en m'inclinant tantôt plus à droite, tantôt plus à gauche.

Il y a les bords de l'Arc ; il y eut une rivière dans la vie de Paul Cézanne, des enfances aux derniers jours. Il y a le constant miracle des irrémédiables et lancinants sous-bois verts et bleus et la plaie vive des carrières. Il y a aussi et enfin la Sainte-Victoire, au moins mille fois la Sainte-Victoire, sainte et carabinée, en majesté et en puissance. Sa carcasse immémoriale est antédiluvienne, son échine longue est plissée, ses contreforts trapus. Son mufle, sa croupe, ses flancs, ses plis, ses replis et ses fentes, ses blancs et ses gris épuisent l'horizon. Elle est massive, elle est aérienne, elle est impérieuse et tient le pays d'Aix sous sa coupe. Elle hausse le ton, elle est en colère, elle n'est pas aimable, ni agreste, ni champêtre, ni pittoresque ; elle est comme elle est, sans ambages, sans chichis ni fioritures. La Sainte-Victoire est une érection

géologique, elle est dardée, elle s'enfonce et, parfois, le ciel lui résiste. Il se cabre, elle aussi, et ça
devient épique, on ne sait plus où la montagne
commence ni où le ciel finit, ça s'empoigne sévè-
rement, ça se renverse, ça s'éreinte dans les gris,
dans les verts, et les arbres, les bois, tout le reste
du paysage halète et fait ce qu'il peut. Elle borne
le monde, elle est définitive et elle est impavide.
On ne s'y frotte que rarement, on n'y va pas ou
on y va peu, avec les Solari, parfois, père et fils,
mais on ne donne pas dans l'excursion régulière,
ni dans l'escalade invétérée. On n'est pas prome-
neur, on n'est pas amateur, c'est une passion de
chaque jour; on caresse la Sainte et on la fouille,
de loin, on la mange des yeux, de loin. On garde
ses distances et elle aussi, qui vous toise et vous
tient à bout de regard. Si on y allait, si on y était,
si on s'enfonçait en elle, dans la joie des sentiers,
si on grimpait, si on escaladait, on ne la verrait
plus, on n'y verrait plus rien, on serait dévoré,
englouti dans le ventre de la baleine, on serait
perdu pour la peinture et pour la vie.

« Mon cher Gasquet,

*À mon grand regret, je ne pourrai me rendre à
votre excellente invitation. Mais parti d'Aix ce
matin à 5 heures, je ne pourrai rentrer que vers
la fin du jour. Je soupe chez ma mère, et l'état de
lassitude dans lequel je me trouve à la fin de la
journée ne me permet pas de me présenter sous
aspect convenable devant les personnes. Vous
voudrez donc bien m'excuser. (…) »*

Lettre du 26 septembre 1897,
de Paul Cézanne à Joachim Gasquet,
le jeune ami.

Madame Cézanne. Née Marie Hortense Fiquet, dite Hortense.

Elle reste la seule. Il n'y a plus d'autre madame Cézanne qu'elle.

25 octobre 1897. Paul ne rentrera sans doute pas ce soir. Elle s'est mise au lit mais elle ne dort pas. Elle ne triomphe pas, elle n'a plus l'âge des triomphes. Elle sait qu'on s'habitue. Mais tout de même. Aujourd'hui, 25 octobre 1897, il n'y a plus d'autre madame Cézanne qu'elle. Madame Paul Cézanne, née Hortense Fiquet. Sa belle-mère est morte, on s'y attendait, elle s'affaiblissait depuis des mois et Paul passait auprès d'elle toutes les soirées ; elle ira cours Mirabeau demain, elle fera ce qu'il faut, on finit toujours par faire ce qu'il faut, c'est comme ça dans les familles. Avec les années, plus de onze années depuis leur mariage, le 28 avril 1886,

et la mort du père, le banquier, six mois plus tard, en octobre, le 23, avec les années, donc, elle a appris à ne rien comprendre à cette tribu qui est aussi devenue un peu la sienne parce que *le temps est un grand maître*. La formule lui revient ; sa mère et sa marraine la répétaient quand elle avait quatorze ou quinze ans et les impatiences de cet âge ; elle secouait la tête et avançait le menton en serrant les lèvres pour mieux se taire, il fallait se taire, mais sa marraine, qui était fine et l'entendait penser, devinait tout et lui disait, en souriant du fond des yeux, arrête de *faire ta boule*.

Faire ta boule, ça voulait dire ronchonner, bouder, grogner dans son coin, mais en rester là, avaler sa colère et s'asseoir dessus ; Catherine, sa marraine, qui avait beaucoup supporté, savait de quoi elle parlait et faisait vaillamment ce qu'elle avait à faire, sans mollir. Maintenant qu'elle approche de la cinquantaine, elle pense à elle tous les jours, ou presque, et se souvient de ses expressions bizarres qui sortaient de nulle part et tombaient souvent juste. *La boule et le bou-let*, elle sait très bien que Paul les a longtemps appelés comme ça, elle et son fils, leur fils ; ça ne l'empêchait pas de tenir à eux, à sa façon, et elle n'a jamais pris la peine de lui expliquer pourquoi elle ne réussissait pas à s'en offusquer tout à fait. Paul n'aurait pas compris, tout glissait sur lui, sauf les histoires de peinture ; elle l'avait su dès le début, il n'avait pas fait semblant et elle n'avait pas été trompée sur la marchandise. Elle ne sait pas vraiment pourquoi elle s'était attachée à lui plus qu'à un autre, on n'explique pas ces choses-là et *comme on fait son lit, on se couche* ; sa marraine le disait aussi. Dans son enfance, à Saligney, elle avait passé du temps avec elle, qui racontait volontiers sa jeunesse dans une ferme du haut-pays où elle avait été placée à onze ans. Elle n'avait pas oublié la joie dans la voix de Catherine quand elle parlait des étés verts et vifs de cette montagne pointue, des lacs, des ruisseaux, et de la neige qui devenait bleue les soirs d'hiver au bord du bois des Loups. Son goût des eaux vivifiantes et des ombrages frais lui venait du Jura et de cette marraine gaillarde ; elle n'avait jamais pu se résigner à endurer les températures infernales et la lumière insupportable de la Provence, sauf au tout début, quand Paul avait trente ans et elle à peine vingt. Elle n'a pas besoin de réfléchir pour se souvenir, il y a des moments que le corps n'oublie pas ; c'était à l'Estaque, en 1870, l'année de la guerre, et en 1871, dans cette petite maison où ils se cachaient plus ou moins, pour échapper à la guerre et à la famille; ils étaient jeunes et dans le plein élan de leur sang, on sait ce que c'est. L'Estaque n'est pas le pays d'Aix, on respire avec la mer, on se sent lavé de tout. Paul peignait, elle était là, il peignait, elle s'offrait, c'était simple. C'est ce qu'ils ont eu de meilleur. Elle ne se posait pas de questions et ne lui en posait pas non plus; ensuite, très vite, elle avait été enceinte, Paul était né, le fils, Paul, le sien, son fils.

Elle sourit dans les draps, c'est un bon fils. C'est un enfant de l'amour, on appelle comme ça les enfants nés comme lui, hors mariage; d'ailleurs Paul et sa sœur Marie sont nés comme ça aussi, elle le sait, on n'en fait pas mystère. Elle a toujours aimé l'amour, elle l'aime encore et elle ne regrette rien. Même pas tout le temps passé dans cette Provence qui est son pays à lui, Paul Cézanne, et ne deviendra pas le sien à elle, née Hortense Fiquet; la greffe ne prendra pas, c'est une question de corps et de peau. Paul Cézanne a fini par faire un mari, *le temps est un grand maître*, mais il a ce pays dans le sang et pas elle, c'est tout. En vieillissant, ils ont trouvé pour ça aussi de bons arrangements qui rendent la vie possible et même parfois agréable. La mort de sa belle-mère ne devrait pas changer grand-chose et ne lui fait à peu près ni chaud ni froid, mais Paul va être secoué. Même si on ne sait jamais bien à quoi s'attendre avec lui, il aura du chagrin et elle peut comprendre ça. Elle n'avait que dix-sept ans à la mort de sa propre mère, elle se souvient seulement de grosses larmes brutales et tièdes qui lui coulaient sur le menton et dans le cou, elle reniflait, elle n'avait personne à qui parler ; sa marraine ne vivait plus avec eux, son père n'aurait pas écouté, elle travaillait avec lui comme ouvrière brocheuse, elle était déjà jetée dans le monde et elle s'était arrangée avec sa peine. Paul, lui, avait pu compter sur sa mère ; toute sa vie il était resté le petit garçon préféré de sa maman, même si, ces derniers temps, la vieillesse et la maladie avaient fini par inverser les rôles. Paul devait savoir, comme beaucoup d'hommes, que jamais aucune femme ne l'aimerait autant que sa mère.

La mort des autres vous remue toujours, c'est normal, et elle ne peut pas s'empêcher de penser à tout ça, ce soir dans le chaud du lit, à sa marraine, qui était joyeuse, et au reste qui ne l'était pas ; surtout au reste, aux années de mensonge et de misère, à Marseille, à Paris, à Pontoise, à Auvers, dans des logements de rien du tout où il fallait attendre l'argent de la pension du banquier, tandis que Monsieur s'échinait à sa peinture, et mendier trois sous à Zola pour manger, se chauffer, finir le mois. Zola était bien gentil, Pissarro et les Gachet aussi, ces gens ne leur voulaient pas de mal et ils faisaient ce qu'ils pouvaient pour les aider. Elle avait tout supporté, sans trop se demander pourquoi, on ne se comprend pas soi-même et comment savoir ce qui se passe sous la peau des autres ; surtout sous celle d'un homme comme Paul, son mari, le père, pas le fils. Son Paul, le fils, elle le devine, elle le voit venir, elle sait comment il est fait et comment s'y prendre avec lui. Il est tranquille et généreux ; il veut qu'elle soit à l'aise et lui passe ses fantaisies, qui ne sont jamais bien terribles. Paul a la confiance de son père, ce qui n'est pas une mince affaire, il traite avec les marchands, surtout avec monsieur Vollard, tout passe par lui et il semblerait que cette peinture impossible commence à se vendre. Son père dit que Paul tient son sens pratique du grand-père, Louis-Auguste ; il sait faire rentrer l'argent, comme l'ancêtre qui les vomissait, eux, les deux intrus, et aurait bien voulu écraser les parasites sous son talon, s'il avait pu, mais il n'a pas pu. Hortense ravale une petite moue rageuse ; elle n'a pas oublié le mépris de Louis-Auguste, le pli de sa bouche, et son regard glacé posé sur eux, les deux, elle et son fils, au moment de ce mariage qu'il avait dû tolérer. Heureusement *la Providence y avait mis la main*, encore une formule de sa marraine, le vieux avait eu la bonne idée de mourir six mois plus tard, et on avait pu commencer à vivre sur un autre pied. Louis-Auguste avait bien travaillé, on était à l'abri, et il devait se retourner dans sa tombe quand elle faisait valser les rentes, mais c'était tellement nouveau qu'elle ne s'était même pas offusquée de voir son mari transformer aussitôt en patriarche de génie ce père qu'il avait tellement déçu. Fleurs et couronnes, prières à volonté, et jamais un mot plus haut que l'autre contre le banquier. Pourquoi pas, elle s'était inclinée, elle était encore jeune, trente-sept ans, et avait eu de belles compensations pendant ces dix dernières années, depuis son mariage. La vie lui avait appris qu'il faut prendre ce qui vous arrive de bon et ne pas remâcher de vieilles rancœurs qui vous gâchent le plaisir. Elle n'a pas à s'inquiéter de la mort de sa belle-mère, ça ne peut pas leur nuire, à son fils et à elle, madame Cézanne. Ses belles-sœurs ne sont pas de mauvaises femmes, Marie est raide, elle est la gardienne du temple mais elle adore les deux Paul, le frère et le neveu, et ne voudra pas se fâcher avec eux. Conil, le mari de Rose, aura des exigences, mais la famille a du répondant et elle ne va pas se casser la tête avec des histoires d'argent qui la dépassent. Elle a assez supplié, pleuré, gueulé, et ravalé son orgueil, maintenant c'est fini, les rentes sont là et on ne se prive de rien, les toilettes, les beaux hôtels, les meilleurs restaurants et le reste. Paul se tourne comme il veut de son côté, il n'a pas de gros besoins, la peinture remplit sa vie. Maintenant, elle profite et c'est tout ; elle ne l'a pas volé, elle n'a rien volé à personne. Madame Cézanne n'a rien volé à personne.

Madame Cézanne ; elle pense aux titres des tableaux, au moins une bonne vingtaine de portraits d'elle, et des dessins aussi, mais ce sont les peintures qui commencent à se vendre, elle le sait, son fils le lui a dit. On ne peut pas parler peinture avec son mari, elle ne peut pas ; elle dit n'importe quoi, des bêtises, elle n'y connaît rien, il le lui a assez répété, depuis toujours et devant tout le monde. Elle ne comprend peut-être rien à sa peinture à lui, mais celle de Renoir par exemple, ou de Monet, on n'a pas besoin de la lui expliquer ; certains tableaux, pas tous, parlent d'eux-mêmes. Renoir ou Monet savent leur métier de peintre. Quand son regard traîne sur les peintures de son mari, ici ou là, dans les ateliers, il a toujours travaillé partout, on a vécu dans la peinture, on ne peut pas se débarrasser de la peinture avec un homme comme son mari, on n'y échappe pas ; quand son regard traîne sur les tableaux, elle ne cherche pas vraiment à les voir mais ils sont là, elle ne dit jamais rien, elle s'applique même à ne rien laisser paraître, elle a pris cette habitude prudente et elle n'en changera plus ; mais elle n'en pense pas moins, et personne ne peut l'empêcher de penser que les tableaux de son mari ne sont pas finis, *ni faits ni à faire* ; cette autre expression bizarre de sa marraine lui revient et elle la trouve soudain très juste. Ce n'est pas une question de sujet, il n'en change d'ailleurs pas beaucoup, il a de la suite dans les idées ; des bois, des rochers, sa montagne Sainte-Victoire dans tous les sens, le jas, des maisons, Gardanne ou la mer vue de l'Estaque, encore des rochers jaunes, des sous-bois verts, des paysages verts avec des morceaux de bleu, c'est tout décousu. Des portraits de ses amis, des joueurs de cartes par-ci, un paysan qui fume par-là, des autoportraits, ça ne coûte rien et tous les peintres le font. Les tableaux se mélangent dans sa tête. Pas fini, elle en revient toujours à ça. Les natures mortes sont mieux, les pommes surtout, elle reconnaît que c'est bien, il faut *poser comme une pomme*, c'est lui qui le dit ; il s'y connaît en pommes, mais ça ne suffit pas à vous faire admettre au Salon, des pommes, des poires, un pichet, des pommes, un pot, un compotier, un cruchon et encore des pommes. Il ne faut pas qu'elle pense à ça ; elle sait bien qu'il y a autre chose que des pommes et des rochers jaunes dans les tableaux de son mari, mais elle *fait sa boule*, justement, et elle n'aime pas tous ces portraits d'elle qu'il a peints, avec la jupe rayée, la robe bleue, la robe rouge. Elle le reconnaît, il n'accommode pas mieux les autres femmes, elles ne sont pas nombreuses et pas mieux arrangées qu'elle. Heureusement. Il ne manquerait plus que ça, qu'il aille faire des grâces avec d'autres. Il ne peut pas avoir tous les défauts. Elle n'est pas jalouse de ses femmes nues, ses baigneuses ; ses baigneuses sont des hommes, ici à Aix il ne fait pas poser de femmes nues, il aurait trop peur de ce qu'iraient raconter les gens qui ont la dent dure et ne laissent rien passer, elle est bien placée pour le savoir. Encore faudrait-il que d'autres femmes qu'elle puissent le supporter, lui et ses manies. Madame Cézanne *fait sa boule* ; elle fait comme elle veut et elle a le droit de penser que la peinture de son mari, monsieur Paul Cézanne, n'est pas finie. *Ni faite ni à faire*, comment le dire mieux qu'avec les vieux mots de sa marraine. Il manque quelque chose. Pas finie.

Hortense sait que Paul ne rentrera pas ce soir, il restera chez sa mère ; elle n'aurait peut-être pas osé s'avouer une chose pareille s'il avait été là, de l'autre côté de la cloison, couché dans son lit ; et si elle n'était pas devenue aujourd'hui, 25 octobre 1897, la seule, la dernière madame Cézanne. Elle est un peu dépassée, elle le sent, c'est comme si un verrou venait enfin de sauter. Elle s'ébroue dans les draps, elle gardera ça pour elle, une fois de plus, elle n'en parlera pas à son fils, toutes les vérités ne sont pas bonnes à dire, surtout quand les prix montent ; l'essentiel, c'est que les prix montent et il ne faudrait pas semer le doute, même si elle sait qu'on ne l'écouterait pas. Les hommes de ce milieu n'écoutent pas les femmes comme elle, qui posent et se taisent. Elle se rend compte qu'elle n'a aucune idée de ce que Paul, son fils, pense vraiment de la peinture de son père ; elle ne sait même pas s'il pense quelque chose de ses portraits qu'elle trouve quand même plus réussis que les siens. Ils ne parlent pas de ça, ces questions l'ennuient et elle laisse à son fils le tracas du commerce des tableaux. Elle a suffisamment payé de sa personne, elle a posé toute sa vie, pour Paul, avant le mariage et après, ou pour d'autres ; elle n'avait peur de rien, et surtout pas de se montrer, et elle aimait poser. Aucune autre femme, elle le sait, n'aurait supporté de poser aussi souvent pour Paul, aussi longtemps ; sa mère elle-même, la morte, qui l'adorait, ne le supportait pas, c'est une chance et c'est bien pour cette raison qu'elle est la seule madame Cézanne sur les tableaux. Poser pour Paul, c'était devenir une chose, un sucrier, une pomme ; il le répétait d'ailleurs, qu'il fallait *poser comme une pomme* ; et elle aimait bien ça, elle, devenir une pomme, ça lui plaisait. On se retirait de la vie, on s'enfonçait en soi-même, on respirait à peine. On n'avait rien à regretter, ni à craindre, ni à espérer, plus de souci, ni de déception. Le retour à la réalité était parfois un peu difficile, après les séances de pose les plus longues. Elle avait faim, elle aurait voulu rire et s'amuser, sortir, parler, danser ; elle avait un féroce appétit de tout et Paul, lui, restait pris dans sa peinture, enfermé dans son tableau. Elle n'aime pas ses portraits parce qu'ils mentent ; elle n'est pas dans ses portraits, ils ne la représentent pas, elle est absente, elle est là mais elle n'est pas là, elle y est sans y être, comme si elle avait été transparente pendant toutes ces années de sa vie de femme. Elle n'aime pas se voir dans son regard à lui, comme si elle avait toujours été à la fois elle-même et une autre personne que le portrait révélerait. Paul Cézanne peint madame Cézanne, née Hortense Fiquet, mais il ne la voit pas, il ne la regarde pas, il cherche la peinture, Hortense Fiquet n'existe pas, n'existe plus, madame Cézanne non plus, la couleur existe, des formes, la boule d'un menton rond, une bouche fermée, la fente des yeux durs ou tristes, elle n'a pas ces yeux-là, pas tout le temps, des cheveux tirés séparés par une raie, une oreille, une seule, souvent, une seule oreille, elle a remarqué ça elle qui est censée ne rien voir et ne rien comprendre à rien, on lui dira que l'autre oreille est cachée, d'accord, mais quand même.

Elle s'agite, elle a tort, ça ne vaut pas la peine de se mettre dans cet état. Elle ferait mieux de penser aux tissus ; il est très fort pour les tissus, les étoffes, les robes, les vestes, même les fauteuils et les rideaux ; il vous arrange ça au mieux, les couleurs, les nuances, les plis, les manches, les encolures, les boutons, les corsages, les jupes, elle connaît ce travail, elle aime tellement la toilette, c'est si minutieux, et il réussit très bien. Il suffirait qu'il veuille, mais il ne veut pas, voilà, il *fait sa boule*, lui aussi. Il répète que la peinture est dans la sensation, que la ressemblance n'est rien. Quand il veut assommer une peinture, il dit qu'elle est *horriblement ressemblante*, elle l'a déjà entendu, elle a retenu ces deux mots, elle ne se trompe pas. Soudain elle pense au chapeau vert. Elle aime bien ce chapeau vert, il a dû le peindre il y a quelques années déjà, quatre ou cinq peut-être ; elle ne sait plus du tout où est passé ce portrait vert qui tranche sur les autres à cause du chapeau, et il ne le sait peut-être pas davantage, il laisse des tableaux partout, il ne s'y retrouve pas lui-même. Heureusement que Paul et monsieur Vollard sont là, maintenant, pour récupérer, classer, ranger les peintures et s'en occuper vraiment. Il ne faut pas que les tableaux s'abîment. Elle ne sait plus au juste si le chapeau vert est bien peint, avec des détails et des précisions ; connaissant son mari, elle en doute, mais elle se souvient de l'allure qu'a le chapeau et surtout de celle qu'il lui donne. Le chapeau change tout, elle est assise, comme sur tous les autres tableaux, comme si elle avait passé sa vie entière assise, mais elle a de l'allant, de l'élan, elle s'impose, elle a l'air d'être quelqu'un, une dame, madame Cézanne. Elle aime avoir de l'allure et sait se tenir quand il le faut, elle est comme tout le monde, elle a sa fierté et elle ne sort pas de rien ; son père lui a laissé du bien, lui aussi, beaucoup moins que le banquier évidemment, ça n'est pas comparable, mais l'argent amassé par Louis-Auguste Cézanne ne donne pas à son fils, à sa femme ou à ses filles le droit de la regarder de haut, elle, Hortense, née Fiquet, sous prétexte qu'elle a dû gagner sa vie dans sa jeunesse. Dans son monde, travailler n'est pas déshonorant pour une femme, mais dans celui des Cézanne, une femme qui se démène comme elle l'a fait, comme elle a dû le faire quand elle n'avait pas vingt ans, est une femme perdue. Il ne faut pas ruminer tout ça. C'est de l'histoire ancienne et *le temps est un grand maître*, mais il a fallu la mort de sa belle-mère pour qu'elle comprenne enfin pourquoi les portraits de madame Cézanne la mettent tellement mal à l'aise, pourquoi elle ne s'y retrouve pas.

Elle s'étire dans le lit. Le sommeil vient, elle a toujours été une grosse dormeuse, même dans les périodes les plus agitées, et ça l'a sauvée ; dormir et poser, c'était un peu la même chose au fond, sa marraine aurait dit que ça remettait *les pendules à l'heure*. Le chapeau vert flotte dans sa mémoire, avec un autre chapeau peint sur un autre tableau, beaucoup plus récent celui-là ; c'était il y a un peu plus d'un an, au bord du lac, à Talloires, dans ce bel hôtel où ils avaient passé une partie de l'été. Paul avait beaucoup ron-chonné et travaillé, pour se *désennuyer*, comme il disait ; il avait peint le lac, évidemment, et aussi le portrait d'un petit garçon, le fils du jardinier, qui, comme madame Cézanne, née Hortense Fiquet, n'avait qu'une seule oreille, énorme, et un menton bien rond. L'enfant portait une blouse à plis plats, presque verte, tous ces détails lui reviennent dans une sorte de rêve éveillé, et un chapeau immense, posé sur sa tête comme une caresse douce et légère, un chapeau de soleil. Dans une autre vie, elle eût été cet enfant couronné de soleil. Dans une autre vie.

ÉCRIRE. PEINDRE

C'est comme une carte à jouer. Des toits rouges sur la mer bleue.

*J'ai noté ces mots dans mon agenda, mots ailés comme le sont ceux qui s'échappent chez Homère de la bouche des héros de l'*Iliade *et de l'*Odyssée, *phrases justes et parfaites dont je n'apprendrais que bien des années plus tard qu'elles furent écrites par Paul Cézanne dans une lettre à Camille Pissarro du 2 juillet 1876. Je les retrouve à la page 330 du catalogue de l'exposition* L'Impressionnisme et le paysage français, *publié en 1985. J'ai forcément vu cette exposition en 1985, sans doute ai-je relevé cette citation à ce moment-là, alors que je n'écrivais rien de rien et commençais seulement à regarder, à manger de la peinture. Je tournerai encore plus de dix ans autour du désir et de la nécessité d'écrire et n'ouvrirai mon premier chantier qu'en octobre 1996;*

alors, lentement, les mots de Cézanne, le rouge, le bleu, la carte, le jeu, se dégageront de la gangue des années emmêlées pour finir par trouver place et s'inscrire en exergue de Joseph, *court roman publié en 2014.* C'est comme une carte à jouer, des toits rouges sur la mer bleue.

On ne sait pas comment les mots et les choses font leur chemin et leur travail en nous, je ne sais pas. C'est long, c'est tortueux, opaque et têtu ; aurais-je mal noté les phrases, à la hâte, debout dans l'exposition de 1985, sur les pages parcimonieuses des agendas minuscules que j'utilisais alors. Je ne m'explique pas autrement la négligence coupable qui ne me fait pas honneur et a remplacé le point tonique et radical de Cézanne par une virgule molle et timorée. Ses deux phrases tendues, haletantes, éblouies, s'apaisent en une seule coulée, plus contemplative, moins enfoncée, moins engagée dans la lutte de chaque jour que la peinture ne cessera jamais d'être pour Cézanne. Honte sur moi, honte d'autant plus cuisante que cette approximation, pour ne pas dire cette erreur, voire cette faute ou cette trahison, survient dans un livre écrit sous la noble égide du Cœur simple *de Gustave Flaubert et tout entier voué au culte du maître de Croisset.* Joseph *serait le fils que*

Félicité n'a pas eu, un fils mutique rivé aux bords de la Santoire comme Félicité l'est aux berges de la Touques. Dans Joseph, *qui raconte la vie d'un ouvrier agricole, j'ai osé Flaubert en sous-texte, j'ai osé reprendre les cinq temps de sa nouvelle, suis entrée dans cette valse lente, tendre et grave et me suis adossée à cette ordinaire épopée.* Il avait eu, comme un autre, son histoire d'amour. L'air était chaud et bleu. *Des prénoms, des noms, des noms de lieux, des mots, un mot, le* reposoir ; *des façons de faire, rassembler* du doigt sur la table les miettes de pain, *des façons d'être, des plis du corps rangé, le corps rangé tenu à sa place, l'ancillaire place des écrasés qui sont sans mots.*

Cézanne et Flaubert. J'y pense depuis longtemps et les ai couchés sans vergogne sur le papier du même livre dès 2014. Comment ne pas y penser ? Si on y pense forcément, c'est à cause de ou grâce à Zola. Entre 1861, date du premier séjour parisien du jeune Paul Cézanne, et 1880, année de la mort du bon Gustave, ils eussent évidemment pu se frôler à Paris dans le sillage et à l'initiative de Zola qui fut, à des titres divers, l'ami de l'un et de l'autre, du Provençal et du Normand, du peintre et de l'écrivain. Amitiés solides et tortueuses, vivaces, généreuses, travaillées d'envies sourdes et de rivalités têtues, tissées d'admirations ardentes ou de souvenirs lumineux, la matière en est inépuisable et me dépasse. À ma connaissance le Maître ne se transporta pas à Médan où Paul Cézanne fut fréquemment reçu à partir de 1879; en revanche Zola était un habitué des dimanches parisiens de Flaubert qui se réjouissait de son grandissant succès et ne manquait pas de railler sa propension lamentable à faire école. On imagine ça, je l'imagine, un dimanche d'automne, en 1876 ou 1877, Cézanne au 240 de la rue du Faubourg-Saint-Honoré, sous le regard vert du maître des lieux et l'œil inquisiteur d'Edmond de Goncourt qui l'aurait déjà toisé entre Verlaine et Mallarmé, dans le salon de Nina de Villard. J'imagine un Cézanne campé là, une poignée d'heures, noiraud, un peu ahuri, tendant l'oreille, embusqué dans sa barbe qu'il eût peut-être consenti à peigner pour l'occasion, Cézanne debout, planté, guettant le crépuscule aux fenêtres du cinquième étage, un prince rechigné, un monument de solitude, un intouchable, un pur corps étranger.

Ils eussent pu s'envisager, se flairer, Flaubert et Cézanne; sans doute eussent-ils gardé leurs distances, trop empêchés, chacun à leur façon, pour faire autrement, alors qu'il est si tentant de *les emmêler pour les siècles des siècles, l'un qui se sent déjà très vieux et l'autre qui n'est plus tout à fait jeune, le dégarni colossal et le brun nerveux, pareillement éperdus de mâles amitiés, rétifs à la conjugalité et à tous les grappins, vivant des rentes de pères dont ils ne comblèrent pas les espérances, attachés à leurs mères auxquelles ils ne survivront que huit ou neuf petites années, rescapés des études de droit que préconisaient les pères, voués sous l'égide des mères au long travail de la langue ou de la peinture, dévorés par, engloutis dans, justifiés d'être au monde par lui. L'un eut son merveilleux Croisset, l'autre son Jas de Bouffan enchanté, demeures élues par les pères, passionnément aimées par les fils et aujourd'hui cernées de navrantes zones industrielles ou commerciales ; l'un vomit, exécra, vilipenda et railla les bourgeois de Rouen, l'autre ceux d'Aix, mais l'autre et l'un furent des héritiers cossus, nantis de domestiques zélés, tôt délivrés par le travail de la génération qui les avait précédés de la nécessité de perdre leur temps à gagner leur vie.*

Ce que la trajectoire de Cézanne a de plus âpre, de plus rugueux et vertigineux, ne m'échappe pas ; on sait que l'un voyagea et l'autre pas ; la lecture de leurs correspondances respectives creuse entre eux un abîme que je ne franchirai pas. Ils furent aussi des hommes de leur temps, évidence en vertu de laquelle, par exemple, ils eussent pu se croiser, loin des salons amicaux, chez ces femmes que l'on paye pour en jouir ; les habitudes de Flaubert sont connues et Cézanne, rogue et abrupt, expédie l'affaire en quelques mots jetés dans une lettre à Zola d'août 1885 ; [...] pour moi, l'isolement le plus complet, le bordel en ville, ou autre, mais rien de plus. Je finance, le mot est sale, mais j'ai besoin de repos et à ce prix, je dois l'avoir [...]. *Je ne pousserai pas plus loin, ni trop loin, le bouchon de cette mise en présence qui n'est sans doute irrésistible que pour moi, même si l'on sait par une lettre à Joachim Gasquet que Cézanne, fin septembre 1896, relit Flaubert et aime beaucoup qu'il s'interdise rigoureusement de parler d'un art dont il ignore la technique. Rêvons, cependant et pour en finir, d'un portrait de Gustave Flaubert par Paul Cézanne ; un vrai portrait, du carré, du cossu, loin de la petite huile sur toile rechignée où le profil penché du jeune Zola grimace pour l'éternité. Rêvons d'un Gustave Flaubert frontal, ample et souverain, confortable et couillu, drapé dans une robe de chambre moelleuse, chaussé de pantoufles rouges, noblement carré dans le fauteuil monumental que Louis-Auguste Cézanne et Achille Emperaire lui eussent cédé de bon cœur.*

Rêvons encore, je pense à un portrait de Rimbaud évidemment, moins à sa belle gueule de marlou juvénile ou à son corps de vif-argent des brèves années flamboyantes qu'au féroce infirme retour des pays chauds *qui, en 1891, meurt à Marseille, tout près de l'Estaque, veillé par sa sœur. Ce Rimbaud crépusculaire, vaguement crapuleux, revenu de tout, cabossé, raboté, amputé, pourrait être cézannien, comme le sont, je l'ai déjà dit à l'ombre du cabanon de Bibémus, les Jaume, Janet, Ulalie, Arbaud et autres Jofroi ou Boniface, noms et prénoms mêlés, de Giono. Les silences, les gestes, les solitudes hautes, les coups de folie et la patience longue des paysans de Giono prennent chair chez Cézanne, le Cézanne du jardinier Vallier, des joueurs de cartes, des fumeurs de pipe ou de la femme à la cafetière. Les paysages de Cézanne, cependant, n'appellent pas tout à fait ceux de Giono comme si, à quelques décennies et cantons près, le peintre et l'écrivain n'avaient pas embrassé le même corps de pays. Je n'en rêve pas moins au roman de la vie de Cézanne qu'eût écrit Giono; ce serait un roman de haute solitude,* tissé de silence, traversé de lumière et de vent fous, hanté par la peinture et ses mirages ardents. On ne saisit pas Cézanne, on ne l'épuise pas, il résiste, on l'effleure, il glisse, il disparaît dans le sous-bois. On l'espère. On l'attend.

« Mon cher Paul,

Ton père est malade depuis lundi; le docteur Guillaumont ne croit pas qu'il soit en danger, mais Mme Brémond ne pourra pas suffire à le soigner. Tu devrais venir le plus tôt possible. Il a des moments de faiblesse où une femme ne peut le soulever seule; avec ton aide ce sera possible. Le docteur a dit de prendre un homme comme garde-malade; ton père n'en veut pas entendre parler. Je crois ta présence nécessaire pour qu'on puisse le soigner le mieux possible. Il est resté exposé à la pluie pendant plusieurs heures lundi; on l'a ramené sur une charrette de blanchisseur et deux hommes ont dû le monter dans son lit. Le lendemain dès le grand matin, il est allé au jardin [de l'atelier des Lauves] travailler à un portrait de Vallier sous le tilleul; il est revenu mourant. »

Marie-Hélène Lafon

Lettre du samedi 20 octobre 1906
de Marie Cézanne, la sœur,
à Paul Cézanne, le fils, son neveu.

Ce matin il n'a pas posé sous le tilleul, mais monsieur Cézanne est venu travailler à l'atelier. Il l'a entendu ouvrir la porte. L'orage de la veille avait secoué le jardin et, en arrivant, il a reconnu l'odeur des feuilles sèches que le vent mouillé de pluie avait arrachées, brassées, mêlées à la terre des allées. Il se méfie de ces orages d'octobre ; ils sont souvent plus violents qu'en plein été mais la pluie est toujours bienvenue même aussi tard dans la saison. Le jardin est pentu ; avec ce qui est tombé la veille, tout aura dégringolé depuis le haut de l'enclos et se sera entassé sous le tilleul. Il faudra nettoyer la petite terrasse avant l'hiver. Il connaît les Lauves par cœur, il y venait déjà avec les chèvres de son père quand il avait huit ans, il a vu les terrains se vendre et les premières maisons se construire, celle de monsieur Cézanne et deux ou trois autres, mais son frère dit que la ville va tout avaler, qu'il y aura des trottoirs et des immeubles aux Lauves comme sur le cours Mirabeau. Son frère est instruit et a de l'idée ; il entend parler dans les bureaux de la mairie où il travaille aux écritures. Maurice voit plus loin que lui et il a peut-être raison. Il aime bien l'écouter, mais il ne répond rien et ne sait pas au juste quoi penser. Quand il pose pour monsieur Cézanne, il remue dans sa tête les phrases de son frère et beaucoup d'autres choses. Il se force à ne pas réfléchir au travail, à tout ce qu'il y aurait à faire dans le jardin au lieu de rester là, assis sous le tilleul, vissé sur la chaise, à l'arrêt pour les siècles des siècles comme les statues de la Vierge ou des saints à l'église ; mais c'est monsieur Cézanne qui commande, il est le maître, on fait ce qu'il dit, comme il le dit.

Il préfère que monsieur Cézanne soit content, il ne veut pas qu'il se mette en colère et envoie promener le tableau, la palette, il a appris ce mot, la palette, le pinceau, tout le bazar, c'est du travail et du temps gâchés. Il n'aime pas le gâchis et il a toujours obéi ; il continue avec monsieur Cézanne même si, au début, c'était difficile de considérer la pose comme un vrai travail. Le vrai travail, pour lui, c'est la terre, les jardins des propriétés aux Lauves et ailleurs, les plantes, les fleurs, les arbres, faire pousser, entretenir, conserver, améliorer. On a confiance en lui, il garde les clefs des enclos et des maisons, il s'arrange comme il veut, il a sa tournée et ses habitudes surtout maintenant qu'il se fait vieux. Il a appris à économiser ses forces, à ne pas se jeter partout comme quand il avait vingt ou trente ans. Monsieur Cézanne ne ressemble à personne d'autre, pas seulement parce qu'il est le seul à le faire poser. Il sent, il comprend, lui, que monsieur Cézanne n'est jamais en paix, jamais tranquille ni en repos. C'est peut-être le travail de la peinture qui veut ça, il ne peut pas le savoir. Monsieur Cézanne et lui ne sont pas du même côté du tableau. Il a déjà regardé le tableau sur le chevalet après la pose, à la fin de la séance, il connaît tous ces mots maintenant ; il a jeté un coup d'œil, il n'a rien dit, il n'aurait pas osé. Il n'a pas été déçu, ni surpris ; c'était lui, et ce n'était pas lui, comme s'il avait été plusieurs hommes à la fois, comme s'il était devenu transparent et que d'autres corps s'étaient mélangés au sien, l'avaient traversé, avec du vide entre les différentes parties, du vide blanc entre les morceaux de couleurs ; ça bougeait sur la toile, il en était certain, peut-être à cause de la lumière et du vent dans les feuilles des arbres au-dessus d'eux, à cause de la danse qui se faisait là-dedans et ne s'arrêtait jamais tandis que lui restait planté raide sur la chaise. Il la connaissait cette danse, il avait passé toute sa vie dans les jardins et il avait même pensé que monsieur Cézanne était très fort d'arriver à faire bouger la lumière et le vent sur un morceau de toile avec du blanc et des couleurs en peignant le portrait d'un vieux jardinier assis sur une chaise, dans ses habits de travail, posé comme un saint d'église sous le tilleul.

Il avait commencé à s'appliquer et à ne plus penser à son travail pendant les séances parce que, s'il réfléchissait à tout ce qui lui restait à faire chez monsieur Cézanne ou ailleurs, à tout ce qui n'avancerait pas tant qu'il serait là, sous le tilleul, il était contrarié et ça se mettait à remuer à l'intérieur de lui ; les soucis lui traversaient le visage et les mains, surtout les mains, et ça n'échappait pas à monsieur Cézanne. C'était juste un frémissement ou deux, un frisson, presque rien, mais on comprenait que ça dérangeait, que ça gênait la peinture. Parfois, en posant, il fermait les yeux, doucement, comme s'il avait dormi ; il ne dormait pas, il s'enfonçait à l'intérieur de lui, et il voyait sous ses paupières des images muettes qui n'étaient pas seulement des souvenirs même s'il reconnaissait des gestes, des moments, des personnes ou des bêtes. Pour lui, il appelait ça le voyage, mais il n'en parlait à personne, on n'aurait pas compris, on se serait moqué. Il n'avait jamais voyagé, il n'était parti que pour le service, six années à Limoges où il s'était surtout ennuyé de la lumière du pays, et pour la guerre contre les Prussiens qui n'avait pas duré. La vie de soldat n'était pas difficile, on mangeait à sa faim, on recevait des habits, on n'avait qu'à obéir ; en 70, il n'avait pas vraiment eu peur parce que son bataillon était toujours resté plus ou moins en arrière, à cause du commandant qui connaissait des gens haut placés à Paris, mais il n'avait quand même pas eu envie de faire comme son autre frère, l'aîné, Gustave, qui était resté soldat, et avait fini par se marier et se fixer dans le coin de sa femme, loin, en Normandie, dans un petit endroit qui s'appelait Croisset, au bord de la Seine. Il avait des enfants, des fils, deux, comme Maurice, ça faisait quatre Vallier pour continuer le nom ; le père aurait été content, ces choses comptaient pour lui, il l'avait encore répété avant de mourir. On ne reverrait pas Gustave, qui avait cinq ans de plus que lui et ne ferait plus le voyage, mais sa femme écrivait une lettre par an à Maurice, et son fils, Joseph, le plus jeune, qui devait bien avoir trente ans maintenant, était venu, une fois, en train depuis Rouen, en passant par Paris. Il allait s'embarquer à Marseille pour l'Algérie et s'était arrêté dans la famille. Il se souvenait bien de la belle allure de son neveu, de ses mains longues et fortes, de sa barbe et de ses cheveux bouclés, très noirs, presque bleus. Il le revoit parfois, quand il part dans ses voyages en posant, les yeux fermés ; il le revoit assis à table entre Maurice et Linette, sa femme, tous rient.

Il aime ses voyages parce que ce sont surtout les bons moments qui remontent, pas les plus mauvais, les plus durs comme il y en a dans toutes les vies, dans la sienne et dans celle des autres, celle de monsieur Cézanne aussi. Monsieur Cézanne ne dit rien quand il ferme les yeux en posant, sans doute parce que ça ne le gêne pas, il est peut-être même plus à l'aise pour le peindre, sans avoir à croiser son regard. Jamais il ne croise le regard de monsieur Cézanne pendant les séances de pose, il ne sait pas pourquoi, il sent qu'il ne faut pas, ça serait comme toucher le feu, il ne faut pas, c'est tout. On n'explique pas, on n'a pas besoin d'expliquer. Plusieurs fois, en fermant les yeux, il avait revu Marguerite, sa fiancée d'avant le service, elle se tenait debout, elle apparaissait dans un bois, en robe claire, presque bleue, les troncs se penchaient vers elle, elle ne bougeait pas mais autour d'elle la lumière avait l'air de danser, comme sur les tableaux de monsieur Cézanne. Il avait senti que ce qu'il voyait défiler dans sa peau quand il fermait les yeux en posant avait beaucoup à voir avec la peinture de monsieur Cézanne qui aurait pu faire le portrait de Marguerite dans un sous-bois au lieu de le peindre encore et encore, lui, le jardinier, avec ses vieux habits fatigués, son chapeau, sa barbe mal taillée, et ses grosses mains posées sur le maigre des cuisses. Il avait toujours été sec et il le resterait. Marguerite avait vingt ans quand il avait tiré un mauvais numéro pour le service. Monsieur Cézanne aussi avait tiré un mauvais numéro, comme lui, mais son père lui avait payé un homme et il n'était pas parti. Marguerite était blonde et blanche, elle n'avait pas beaucoup de santé, elle était morte d'une maladie de poitrine, comme d'autres personnes de sa famille. Il l'avait appris à son retour et il n'avait plus jamais pensé à une autre femme comme il avait pensé à elle pendant ses années de service.

Il n'avait pas fait maison, l'expression datait de son père et il ne l'avait pas oubliée. Son père et sa mère n'auraient pas voulu qu'il reste vieux garçon, mais il avait suivi son idée, pour une fois, et il s'était arrangé pour les besoins du corps en payant ce qu'il fallait de temps en temps, pas souvent. Son idée, c'était cette Marguerite de vingt ans en robe bleue dans le bois des Lauves, la veille de son départ pour le service. Il l'avait serrée contre lui, il avait senti sur son épaule la chaleur de son front blanc, légère comme un oiseau ; ensuite, elle s'était échappée, elle avait soufflé qu'elle attendrait, qu'elle l'attendrait, et elle était partie, elle n'avait plus été là. Sous son chapeau, derrière son front, entre ses deux yeux fermés, quand il pose, certaines fois, pas toujours, il réinvente sa Marguerite, elle est vivante et douce, et il en est reconnaissant à monsieur Cézanne et à sa peinture. Il ne pourrait pas l'expliquer, mais il est sûr que Marguerite revient dans le sous-bois parce que monsieur Cézanne sait bien son métier de peintre. Il se dit aussi que monsieur Cézanne ne le peint pas seulement lui, le jardinier Vallier assis sous le tilleul ; à travers lui, il peint d'autres moments, d'autres saisons, d'autres personnes, comme sa Marguerite ou Joseph, son neveu à la barbe bleue, même s'il ne les a jamais vus. Quand il était plus jeune, avant de connaître vraiment monsieur Cézanne et de commencer à poser pour lui, il n'avait pas de pensées comme celles-là et n'aurait même pas imaginé que l'on puisse voyager dans sa peau sans bouger, à l'intérieur de soi, les yeux fermés. Il était comme tout le monde dans le pays, il avait entendu parler de monsieur Cézanne, de ses bizarreries et même de ses coups de folie, de sa famille, le père, un marchand de chapeaux devenu très riche dans la banque, la mère, une employée engrossée par son patron, les deux sœurs ; ensuite il s'était fait son idée par lui-même. Il se méfiait de ce que les gens racontaient les uns sur les autres, même Maurice et surtout sa femme, Linette, qui avait la langue bien pendue et parlait trop sans savoir, en répétant ce qu'elle avait ramassé ici ou là. On avait dit, par exemple, que monsieur Cézanne n'était pas allé à l'enterrement de sa mère, et c'était peut-être vrai, il pouvait avoir ses raisons qu'il était seul à connaître et que personne ne devait juger.

En tout cas, il voyait que monsieur Cézanne était un gros travailleur, ça lui venait peut-être de son père, il s'y tenait, à ses affaires de peinture, dans l'atelier ou ailleurs, et ne passait pas ses journées à parler dans les cafés ou à se promener en ville. Il ne vivait pas comme tout le monde, c'est sûr, même quand sa femme et son fils, madame Hortense et monsieur Paul, qui n'habitaient pas tout le temps à Aix, venaient le voir, il ne lâchait pas sa peinture. Il avait de l'argent de famille et pouvait être à son aise sans en gagner, tant mieux pour lui ; ceux qui parlaient contre ça étaient des jaloux. Avec l'argent, monsieur Cézanne était un peu comme un enfant, il aurait tout donné sans compter si sa sœur, mademoiselle Marie, ne l'avait pas surveillé. C'est mademoiselle Marie qui lui payait ses journées, à lui, sans demander s'il avait posé ou travaillé dans le jardin ; elle allait beaucoup à l'église mais elle n'était pas commode, elle savait compter et connaissait son monde. Madame Brémond, qui s'occupait de monsieur Cézanne en ville, de son ménage, de son linge, du manger, était une bonne personne, et il préférait avoir à faire à elle qu'à mademoiselle Marie, mais on ne choisissait pas, les maîtres étaient les maîtres et ils avaient l'habitude d'être servis. En dehors de sa peinture, au fond, monsieur Cézanne ne savait peut-être pas beaucoup mieux se comporter dans la vie que lui, qui était resté jardinier chez les autres et n'avait pas fait honneur à la famille. Dans sa maison des Lauves monsieur Cézanne prenait vraiment ses aises, il échappait à tout le monde, et personne n'était mieux placé que lui, Vallier, le jardinier, pour le savoir, même s'il n'entrait que très rarement dans l'atelier où il ne se sentait pas tranquille, surtout avec ce tableau de femmes blanches et bleues dont les visiteurs avaient l'air de faire grand cas. On dit en ville que monsieur Cézanne peint des hommes et des femmes nues, mais il sait, lui, qu'aucune femme ne monte jamais dans l'atelier. Des visiteurs viennent de Paris, ou d'ailleurs, d'Allemagne, une fois, il a reconnu l'accent d'un monsieur et d'une dame. Ces personnes qui étaient des peintres ou connaissaient la peinture parlaient longtemps avec monsieur Cézanne, on sentait qu'ils avaient de l'admiration pour lui. Ces gens prenaient aussi des photographies, la dame allemande l'avait fait, devant la maison ;

monsieur Cézanne avait sorti une chaise, il s'en souvenait, c'était en avril, avant les grosses chaleurs, le soleil était encore doux et on entendait l'herbe pousser. Pour une fois monsieur Cézanne n'avait pas de peinture sur son pantalon et c'était mieux pour la photo que cette dame allemande emporterait dans son pays. Ils avaient regardé de grands livres qui étaient restés ensuite posés sur l'escalier et qu'il avait ramassés avant de partir. Il ne les avait pas ouverts, ça ne le regardait pas, mais il était certain que, plus tard, des livres comme ceux-là montreraient les peintures de monsieur Cézanne, et peut-être même les portraits de son jardinier sous le tilleul des Lauves. Pour sortir la chaise, monsieur Cézanne avait laissé sa canne devant la porte, il aurait pu s'embarrasser et tomber, il n'était déjà plus très solide, mais tout s'était bien passé ; c'était un beau souvenir parce que monsieur Cézanne était content et plein d'élan. Certains messieurs, des jeunes, allaient peindre avec lui dans la campagne, il les voyait partir ensemble et il s'imaginait que c'étaient des sortes d'élèves auxquels monsieur Cézanne aurait su donner des leçons ; il était devenu fort en peinture, très fort, tellement il avait travaillé. Peut-être que ces peintres de Paris ne savaient pas aussi bien que monsieur Cézanne faire bouger la lumière, les arbres et le vent dans leurs tableaux où des personnes apparaîtraient comme si elles étaient vivantes, peut-être qu'ils voulaient apprendre des secrets de peinture.

Il était content, lui, Vallier, et fier aussi de voir que monsieur Cézanne était admiré ; ça le consolait de toutes les fois où il avait entendu en ville des moqueries, des mauvaises paroles, des ragots, des histoires à dormir debout. Il n'avait pas su protester, on ne l'aurait pas écouté et il n'osait jamais parler devant les gens. Les mots montaient, mais ils se coinçaient dans sa gorge et restaient entassés à l'intérieur de lui, il devait retenir ses mains de trembler, il avait mal au ventre et il lui faudrait au moins deux ou trois heures de travail au jardin pour retrouver ses esprits. Il connaissait depuis toujours Paulin Paulet qui, du temps du père de monsieur Cézanne, travaillait déjà au Jas de Bouffan, et racontait comment lui et d'autres, et même sa fille, avaient posé pendant des heures et des heures en joueurs de cartes, et ça n'en finissait pas, il y avait toujours quelque chose de travers, un détail de rien, la main qui tenait les cartes, la pipe, le chapeau ou la veste. Paulet en rajoutait, il inventait des détails, des caprices, des colères, des coups de folie, il amusait son monde et c'était facile parce que ceux qui n'avaient jamais posé ne pouvaient pas savoir comment se fait une peinture, le travail que ça donne, la peine, et la fatigue, et le temps que ça prend. C'est toute la vie de monsieur Cézanne qui y passe, tout son jus, et il n'en a plus beaucoup, il finit, il se finit. Il le sent, lui, Vallier, que monsieur Cézanne y laissera la peau et s'accrochera à sa peinture jusqu'au bout ; c'est pour ça qu'il était content, ce matin, de le savoir à l'atelier, même pour un petit moment. Il n'y était presque pas venu de tout l'été à cause des grosses chaleurs qui le gênent terriblement. Sa maladie l'empêche d'aller et venir comme il veut ; souvent ces temps derniers, monsieur Cézanne se faisait transpor-ter en voiture ici ou là, mais il a fini par se fâcher avec le cocher. Tout est de plus en plus difficile et peut-être qu'il pense à la même chose que lui, à cette peinture sous le tilleul qui n'est pas finie. Il faudrait poser encore, plusieurs fois sans doute, on ne peut pas savoir combien de fois, surtout que monsieur Cézanne continue à avancer son travail entre les séances. Il voudrait bien que ce soit possible de finir le portrait sous le tilleul si monsieur Cézanne avait la force. Ils sont pareils, les deux, le travail qui reste sans faire les gêne. Plusieurs fois déjà, en posant, il a osé penser que monsieur Cézanne et lui avaient les mêmes mains, des mains de gros travailleurs. Jamais il n'irait dire ça à quelqu'un, on le prendrait pour un fou de se comparer et il a l'habitude de garder ses secrets, mais il sait ce qu'il sent. Il n'aime pas que monsieur Cézanne lui demande de le frictionner, à cause de sa maladie ; il le fait, il n'a pas le choix et ça soulage peut-être un peu monsieur Cézanne quand il ne se supporte vraiment plus.

On commence à raconter en ville que ses peintures valent de l'argent à Paris, et Robert, le deuxième fils de Maurice, qui n'est pas bon à grand-chose et ne sait pas garder une place, lui a déjà dit plusieurs fois qu'il ferait bien d'essayer d'en attraper une, ni vu ni connu, dans la maison des Lauves, puisqu'il a la clef ; ou il pourrait carrément se faire donner un tableau par le vieux, son neveu appelle comme ça monsieur Cézanne, qui ne doit plus savoir où il en est depuis le temps qu'il peint ses croûtes ; il saurait bien le revendre, lui, à Marseille ou ailleurs, et ça rapporterait mieux que de trimer à quatre pattes pour gagner une misère. Robert finira par mal tourner et il fait déjà honte à la famille avec des idées pareilles. Quand monsieur Cézanne ne sera plus là, si madame Hortense et monsieur Paul vendent la maison des Lauves, lui n'aura plus de goût à y travailler, c'est sûr. Le jardin de monsieur Cézanne est son préféré, il n'est pas plus beau, ni plus grand que les autres dont il s'occupe, ni mieux placé, ni plus commode, mais c'est le jardin de ses voyages, les yeux fermés, pendant les séances de pose, le jardin des apparitions de Marguerite. Il a pris goût à cette magie, lui, le jardinier Vallier qui a passé sa vie à gratter la terre dans les jardins des autres, et il aura du mal à s'en passer. Après la mort de monsieur Cézanne, sa vie sera encore plus petite, rabougrie, desséchée, il le sait déjà. Il secoue la tête, il est tracassé, le portrait sous le tilleul n'est pas fini, mais peut-être que demain, mercredi, monsieur Cézanne reviendra et lui demandera de poser. En attendant, il va balayer les feuilles sur la petite terrasse, ça sera mieux pour le tableau.

Ces ruminations cézanniennes ont été nourries, pas seulement mais essentiellement,

par le *Cézanne*, de John Rewald, publié en 1986 chez Flammarion, dans la collection « Les grandes monographies »,

par son édition de la *Correspondance* parue chez Grasset et Fasquelle en 1978, dans « Les Cahiers Rouges »,

par la chronologie établie en 1995 par Isabelle Cahn dans le catalogue de l'exposition *Cézanne* qui s'ouvrit au Grand Palais le 25 septembre 1995,

et par une visite au Jas de Bouffan, le lundi 24 octobre 2022, sous l'égide de Michel Fraisset.

Que soient ici remerciés Colin Lemoine et Benoît Paredes.

Du même auteur :

Le Soir du chien, Buchet-Chastel, 2001 (prix Renaudot des lycéens) ; Le Livre de Poche, 2024.

Liturgie (nouvelles), Buchet-Chastel, 2002.

Sur la photo, Buchet-Chastel, 2003 ; Points, 2005.

Mo, Buchet-Chastel, 2005 ; Folio, 2022.

Organes (nouvelles), Buchet-Chastel, 2006.

Les Derniers Indiens, Buchet-Chastel, 2008 ; Folio, 2009.

L'Annonce, Buchet-Chastel, 2009 ; Folio, 2011.

Les Pays, Buchet-Chastel, 2012 ; Folio, 2014.

Album, Buchet-Chastel, 2012.

Joseph, Buchet-Chastel, 2014 ; Folio, 2016.

Histoires (nouvelles), Buchet-Chastel, 2015 (Goncourt de la nouvelle 2016).

Nos vies, Buchet-Chastel, 2017 ; Folio, 2019.

Flaubert, « Les auteurs de ma vie », Buchet-Chastel, 2018.

Le Pays d'en haut (entretiens avec Fabrice Lardreau), Arthaud, 2019.

Histoire du fils, Buchet-Chastel, 2020 (prix Renaudot) ; Folio, 2022.

Les Sources, Buchet-Chastel, 2023 ; Le Livre de Poche, 2024.

Marie-Hēlēne Lafon

au Livre de Poche

Le Livre de Poche s'engage pour l'environnement en réduisant l'empreinte carbone de ses livres. Celle de cet exemplaire est de :

100 g éq. CO_2

Rendez-vous sur
www.livredepoche-durable.fr

PAPIER CERTIFIÉ

Composition réalisée par Soft Office

Achevé d'imprimer en mars 2025 en France par
MAURY IMPRIMEUR – 45300 Manchecourt
Dépôt légal 1re publication : avril 2025
N° d'imprimeur : 283541
LIBRAIRIE GÉNÉRALE FRANÇAISE
21, rue du Montparnasse – 75298 Paris Cedex 06
marketing@livredepoche.com